Edition Paashaas Verlag

I0636321

Die im Buch veröffentlichten Ratschläge wurden von der Verfasserin sorgfältig erarbeitet und geprüft. Eine Garantie kann dennoch nicht übernommen werden; ebenso ist eine Haftung der Verfasserin bzw. des Verlages und seiner Beauftragten für Personen-, Sach- und Vermögensschäden ausgeschlossen. Namen und Begebenheiten in den Geschichten sind frei erfunden. Ähnlichkeiten mit lebenden Personen und tatsächlichen Begebenheiten sind nicht beabsichtigt, sondern rein zufällig.

Urheberrechte und Nutzungshinweise:
Alle Rechte, auch die der Übersetzung, des Nachdrucks und der Vervielfältigung des Spiels, der Spielunterlagen oder Anteilen daraus, bleiben der Autorin vorbehalten.
Verbreitung, Vervielfältigung oder sonstige Reproduktionen – auch für Zwecke der Unterrichtsgestaltung – sind ohne vorherige schriftliche Genehmigung durch die Autorin nicht erlaubt.

Krimiparty

Noch mehr Spaß mit Krimis zum Mitspielen!

Autor: Cornelia H.-Müller
Originalausgabe Mai 2011
Neuauflage März 2015
Cover-Motiv: Pixelio.de, Mike Nottebrock
Cover designed by Manuela Klumpjan/Michael Frädrich
www.verlag-epv.de
ISBN: 978-3-9813928-8-3
Printed: BoD, Norderstedt
Copyright © Edition Paashaas Verlag

Die Deutsche Nationalbibliothek verzeichnet diese Publikationen in der Deutschen Nationalbibliografie; detaillierte bibliografische Daten sind im Internet über http://dnb.d-nb.de abrufbar.

Inhaltsverzeichnis

Einleitung

Mithilfe dieses Buches können Sie zu Hause gemeinsam mit Ihren Familienmitgliedern und Gästen auf Tätersuche gehen. Sie tauchen ein in einen spannenden Mordfall, ermitteln, befragen und bewerten Tatsachen und Aussagen. Das Buch enthält 5 unterhaltsame Mitspielkrimis.

Dabei werden von niemandem schauspielerische Fähigkeiten verlangt. Sie sitzen mit Ihren Mitspielern in gemütlicher Runde beisammen und versuchen gemeinsam dem Täter auf die Spur zu kommen!

Zu jedem dieser Krimis gibt es eine Geschichte des Verbrechens, die in der Runde vorgelesen wird und darüber informiert, was passiert ist, sowie Rollenbeschreibungen für alle Mitspieler und eine schlüssige Auflösung.

Alle Krimis sind so angelegt, dass in einem Raum ermittelt wird. Ob Sie also im Wohnzimmer oder im Freien während eines Grillfestes versuchen mit Ihren Gästen den Fall zu lösen, spielt keine Rolle.

Das Buch ist mit dem Internet gekoppelt.
Das benötigte Zubehör können Sie ganz einfach herunterladen und ausdrucken.
Einladungen, Namensschilder, Kurztexte und Rollentexte finden Sie auf:
http://www.verlag-epv.de im Bereich **Download.**

Ihre Zugangsdaten lauten:
Benutzername: krimiparty
Passwort: hmueller11

So funktioniert ein Mitspielkrimi!
Erklärungen zur Durchführung

Ihre Gästeliste steht und Sie haben sich für eine Geschichte entschieden. Lesen Sie diese und die dazu gehörenden Rollen bitte gründlich durch. Überlegen Sie, welcher Mitspieler welche Rolle übernehmen soll. Es ist kein Problem, wenn einmal eine Dame eine Herrenrolle übernimmt oder umgekehrt. Wenn Sie allerdings auch mit ermitteln wollen, ohne zu wissen, wer der Täter ist, vergeben Sie die Rollen blind und lesen Sie keinesfalls die Auflösung durch. Auf diese Weise werden auch Sie als Gastgeber zum „echten" Ermittler.

Haben Sie einen Internet-Anschluss? Dann können Sie unter **www.verlag-epv.de** die einzelnen Rollen für Ihre Gäste herunterladen und ausdrucken. Sollten Sie diese Möglichkeit nicht haben, kopieren Sie sie aus dem Buch.

Die Rollentexte werden erst am Abend selbst an die Mitspieler vergeben. Versenden Sie sie bitte nicht mit der Einladung.

Bereiten Sie Namensschilder mit den Rollennamen für Ihre Gäste vor, diese werden am Spielabend mit einem Klebestreifen oder Klämmerchen angeheftet. Auch diese sind im Internet zum Download hinterlegt.

Drucken Sie zu jedem Fall die Kurzbeschreibung für Ihre Gäste aus; sie erleichtert den Einstieg und hilft, sich die neuen Spiel-Namen zu merken. Wenn möglich, drucken oder fotokopieren Sie für jeden Gast eine Kurzbeschreibung.

Der Spielablauf

Ihre Gäste werden sicher schon sehr gespannt sein, was sie erwartet. Damit Ihr Krimiabend zum Erfolg wird, noch folgende Tipps:

Schaffen Sie eine gemütliche Atmosphäre und vermeiden Sie zu helles Licht. Stellen Sie Kerzen oder kleine Lichter auf; dies schafft den richtigen Rahmen. Legen Sie bitte für jeden Gast Papier und Stift bereit. Notizen zur Geschichte und zu den einzelnen Aussagen der Mitspieler sind wichtige Stützen bei der Ermittlungsarbeit. Halten Sie bitte auch für jeden Gast die ausgedruckte Kurzbeschreibung des Falles bereit.

Haben Sie ein Abendessen für Ihre Gäste vorgesehen?

Dann dekorieren Sie die Kurzbeschreibungen mit auf der Tafel. Sie werden feststellen, dass es bereits beim Lesen dieser Information rege Gespräche und Verdächtigungen gibt. Wenn sich die Gäste untereinander noch nicht kennen, dient die Kurzbeschreibung ganz wunderbar als Eisbrecher.

Wenn Sie ein Menü mit mehreren Gängen servieren, gehen Sie wie folgt vor:

Verteilen Sie vor der Vorspeise die Namensschilder. Jeder Gast weiß nun, wen er heute Abend charakterlich vertritt.

Lesen Sie nach der Vorspeise den ersten Teil der Geschichte vor. Es ist in allen Geschichten vermerkt, an welcher Stelle die Lesung unterbrochen werden kann, um den Hauptgang zu genießen. Auf diese Weise wird Ihr Abend zu einem richtigen Krimidinner.

Nach dem Hauptgang lesen Sie den Rest der Geschichte vor.

Erst danach erhält jeder Gast seine persönliche Rolle, die aus Vorstellungstext und Geheimtext besteht.
Diese Texte werden nun von den Mitspielern gründlich und vor allem diskret studiert. Wenn alle Gäste soweit sind und ihre Rolle gelesen haben, beginnt die Vorstellungsrunde. Alle Mitspieler lesen reihum ihren Vorstellungstext vor.

Der geheime Text enthält weitere Informationen und ergänzt die Geschichte; er wird nicht vorgelesen, sondern bietet Hintergrundideen, die jede einzelne Person zum Ermitteln benötigt und dann nach eigenem Geschick in die Ermittlungen einbringen kann. Der Mörder erfährt in seinem Geheimtext, dass er der Täter ist.

Nach der Vorstellungsrunde beginnen die Ermittlungen; durch Vorstellungs- und Geheimtext ergeben sich viele Fragen, die nun gestellt und beantwortet werden.

Lügen, darauf sollten Sie Ihre Gäste noch einmal hinweisen, darf wirklich nur der Täter. Alle anderen müssen sich nahe an der Wahrheit orientieren.

Wenn die Ermittlungen abgeschlossen sind, verteilen Sie Zettel, wo jeder seinen Namen und seinen Täterverdacht aufschreiben kann. Sammeln Sie die Zettel ein. Danach servieren Sie, wenn es vorgesehen ist, das Dessert.

Zum Abschluss lesen Sie als Gastgeber die Auflösung des Falles vor. Erst jetzt darf sich der Täter zu erkennen geben!

Geben Sie bekannt, wie viele anhand der eingesammelten

Zettel den richtigen Täter ermittelt haben – eventuell machen Sie daraus sogar ein kleines Gewinnspiel, indem Sie etwas verlosen. Das sorgt zusätzlich noch einmal für eine Menge Freude.

Wenn Sie kein Abendessen, sondern nur einen kleinen Snack planen, gehen Sie wie folgt vor:

- Begrüßung der Gäste und Verteilung der Namensschilder und der Kurzbeschreibung

- Verteilung von Papier und Bleistift für Notizen

- Vorlesen der Grundgeschichte

- Verteilen der Rollentexte

- diskretes Studieren der Rollentexte

- Vorstellungsrunde

- Ermittlungen

- Täterverdacht aufschreiben lassen

- Verlesen der Auflösung

- Bekanntgabe, wer richtig geraten hat - und wenn es vorgesehen ist, Ziehung des Gewinners

Häufig gestellten Fragen zur Durchführung:

Frage: Weiß der Mörder, dass er der Täter ist?
Antwort: Ja, dies steht ausdrücklich im Geheimtext seiner Rolle.

Frage: Dürfen die Gäste schummeln und flunkern?
Antwort: Nur der Mörder darf dies tun. Die anderen sollten sich nahe an der Wahrheit orientieren.

Frage. Ich habe mehr Gäste als Rollen. Was nun?
Antwort: Es ist sicher sinnvoll, das Stück passend zur Gäste-zahl auszusuchen. Wir haben in jeder Geschichte aber auch sogenannte Gastrollen vorgesehen. Wenn es heißt: 6-8 Mit-spieler, gibt es 6 größere Rollen und 2 kleinere Gastrollen. Die größeren Rollen müssen, die Gastrollen können besetzt werden.

Frage: Müssen alle Gäste ungefähr gleich alt sein?
Antwort: Nein. Wir haben in unseren Testrunden mit Perso-nen jeden Alters in gemischten Gruppen gespielt. Unsere Mitspieler waren von 16 bis 80 Jahre alt, und allen hat es großen Spaß bereitet!

Frage: Muss alles aus dem Vorstellungstext auch vorgetra-gen werden?
Antwort: Ja, der Text der Vorstellungsrunde ist so angelegt, dass er wichtige Informationen gibt, ohne die die Ermittlun-gen rasch langweilig werden.

Frage: Kann man dieses Spiel auch an Feiertagen mit der Familie spielen?
Antwort: Ja, dies ist eine besonders gute Idee und eine neue Art, Familienfeste zu einem wirklich spannenden Event zu

gestalten.

Frage: Wo finden wir weitere Mitspielkrimis von Cornelia H.-Müller:
Antwort: Auf www.glashauskrimi.de oder direkt beim Verlag auf www.verlag-epv.de finden Sie weitere Fälle.

Frage: Gibt es Mitspielkrimis auch als Restaurant-Event?
Antwort: Ja, schauen Sie ab und zu einmal auf die Seite www.glashauskrimi.de. Dort finden Sie alle Hinweise auf entsprechende Veranstaltungen.
Und sollten Sie als Eventveranstalter Mitspielkrimis anbieten wollen, melden Sie sich ebenfalls bei der Autorin unter:
 eventanfrage@glashauskrimi.de

Frage: Meine Frage war hier nicht aufgeführt; ich benötige Hilfe.
Antwort: Wenden Sie sich bitte an
glashauskrimi@glashauskrimi.de und schreiben Sie der Autorin eine Mail. Sie wird Ihnen alle anstehenden Fragen zum Gelingen Ihrer privaten Krimiparty gerne beantworten.

Die Einladung

Wenn Sie Ihre Gäste schriftlich einladen wollen, können Sie z. B. diesen Text als Vorlage nutzen. Im Internet finden Sie eine vorbereitete Einladung, die Sie ausdrucken können.

Einladung zur Krimiparty
Tatort: _____

Die Ermittlungen beginnen am _____

um _____ Uhr.

Für das leibliche Wohl ist ebenso gesorgt, wie für spannende Unterhaltung, denn es gibt tatsächlich einen Mord aufzuklären. Klar, dass wir dabei deine/eure Unterstützung benötigen.

Falls ihr eine Lesebrille tragt, vergesst sie bitte nicht, denn ihr erhaltet selbstverständlich Akteneinsicht.

Ich würde mich sehr freuen, wenn du/ ihr komm(s)t.

Herzliche Grüße

Antwort bitte per Tel.   _____

Die einzelnen Fälle!
Suchen Sie hier den passenden Krimi für Ihre Gäste aus:

1. Irrtum oder Absicht? Ein kurzer Fall für Einsteiger!
   Mitspielkrimi für 5-7 Personen, ab Seite 15

2. Mord in bester Gesellschaft
   Mitspielkrimi für 6 Personen, ab Seite 35

3. Muttertag
   Mitspielkrimi für 8-10 Personen, ab Seite 58

4. Mann über Bord
   Mitspielkrimi für 7-10 Personen, ab Seite 96

5. Feine Verhältnisse!
   Mitspielkrimi für 7-10 Personen, ab Seite 137

Erklärung zur jeweils angegebenen Personenzahl:

8-10 heißt, es gibt 8 Hauptrollen und 2 Gastrollen.
Die Hauptrollen müssen zum Funktionieren des Stückes besetzt werden; die Gastrollen dienen der Ergänzung bei einer größeren Anzahl von Gästen.

Sollten Sie die doppelte Anzahl Gäste haben, können Sie an 2 Tischen gleichzeitig spielen. Bereiten Sie Rollen und Zubehör zweimal vor, lesen Sie die Geschichte zentral vor und ermitteln Sie danach an 2 Tischen. Sie werden sehen, dass auch dies reibungslos funktioniert. Vermutlich werden die Tische zu ganz unterschiedlichen Ergebnissen kommen; es kommt immer ganz darauf an, wie sich die einzelnen Mitspieler verhalten.

Irrtum oder Absicht?

Es spielen mit:

Hans Hubertus Kellermann, Autohausbesitzer aus Köln
Elvira, seine Frau
Dr. Uwe Brosinius, Zahnarzt
Sabine Brosinius, Uwes Exfrau
Conny Siebert, Schwester von Sabine

Gastrollen:
Heinz Schmalkes, Zugbegleiter und/oder
Inge Süper, Servicekraft im Zugrestaurant

Irrtum oder Absicht? Der Kegelclub „Alle NEUNE" aus Köln startet zur jährlichen Kegeltour. Die Reise beginnt auf dem Kölner Hauptbahnhof und soll nach Mailand führen. Doch bevor man im sonnigen Italien ankommt, gibt es einen Toten zu beklagen, der den Zug auf höchst unfreiwillige Art und noch dazu bei voller Fahrt verlassen hat.

War es Mord oder ein Unfall und sollte wirklich das Opfer sterben? Eine Verwechslung kann keinesfalls ausgeschlossen werden.

Und hier noch ein Wort zu den Spielregeln:

Alle Mitspieler sollten sich nahe an der Wahrheit orientieren; schwindeln darf nur der Mörder.

Die Grundgeschichte zum Vorlesen

Köln, Hauptbahnhof, 19:50 Uhr! Es herrscht dichtes Gedränge auf Bahnsteig Nr. 14. Gleich wird der Nachtzug nach Mailand abgefertigt. 10 Stunden und 37 Minuten wird er durch die Nacht fahren und am nächsten Morgen in der italienischen Metropole ankommen! Auch der Kegelclub „Alle Neune" aus Köln befindet sich im Zug. Der Kegelkönig des letzten Jahres, Hans Hubertus Kellermann, hat die Tour ausgesucht und organisiert. Es fahren mit: Hans Hubertus und Elvira Kellermann, Sabine Brosinius und ihre Schwester Conny Siebert sowie Uwe Brosinius und seine neue Lebensgefährtin Christel Schlemmer. Pünktlich um 19:54 Uhr rollt der Zug aus dem Kölner Hauptbahnhof Richtung Süden. Die Abteile sind schnell belegt; das erste Abteil belegt Hans Hubertus mit Elvira, das zweite Sabine Brosinius mit ihrer Schwester Conny und im letzten Abteil schlafen Uwe Brosinius und seine Freundin Christel Schlemmer. Danach trifft sich der Kegelclub im Speisewagen.

Hans Hubertus Kellermann hat exzellent organisiert: Es ist ein Tisch für die kleine Gesellschaft reserviert worden und ein kleines Fässchen Kölsch steht bereit. Hans Hubertus nimmt einen Hammer und zapft an. Der Kellner serviert „Halve Hahn", ein typisch Kölsches Gericht. Trotz diesem gut gelungenen Start ist die Stimmung unter den Clubmitgliedern angespannt. Dies hat natürlich Gründe. Die Situation unter den geschiedenen Eheleute Uwe und Sabine Brosinius ist schwierig. Man hat sich nicht im Guten getrennt. Trotzdem haben beide darauf bestanden, an der Kegeltour teilzunehmen. Niemand wollte einen Rückzieher machen. Zu allem Überfluss hat Uwe Brosinius Wert darauf gelegt, dass seine neue Lebensgefährtin Christel Schlemmer mitkommt. Christel Schlemmer ist nicht sehr beliebt in dieser Runde. Sie wird für die Scheidung von Sabine und Uwe verantwortlich gemacht. Außerdem arbeiten sie und Conny Siebert in derselben Firma, und dort gibt es zwischen den beiden ständig Differenzen und kleine oder größere Machtkämpfe. Nach dem Essen trifft Elvira Kellermann vor der Toilette mit Conny Siebert zusammen. Elvira kann sich überhaupt nicht mit der Situation von Uwe Brosinius anfreunden.

„Dass man mit Freundin und Ex-Frau auf Kegeltour geht, also das hat es früher nicht gegeben. Ich frage mich, warum der Uwe überhaupt die Frau gewechselt hat. Die Christel sieht doch genauso aus wie die Sabine."

Wo Elvira recht hat, hat sie recht. Christel und Sabine sind gleich alt, haben die gleiche Größe, die gleiche Frisur und auch die gleiche Figur. Wenn man beide von hinten sieht, kann man sie fast nicht auseinander halten.

Stunden später. Der Zug bewegt sich stetig Richtung Basel, und so allmählich werden unsere Reisenden müde. Conny Siebert hat bereits aufgegeben; sie ist schon vor einer Stunde ins Bett gegangen. Die ewigen Zickereien zwischen Christel und Sabine, dazu eine zunehmend gereizte Stimmung zwischen ihr selbst und Christel, dies alles hat ihr gründlich den Abend verdorben. Uwe Brosinius hat sich kurz nach ihr ebenfalls zurückgezogen. Er hat noch den ganzen Tag in seiner Praxis gearbeitet und ist entsprechend müde auf die Reise gegangen.

Außerdem bereut er mittlerweile zutiefst, dass er überhaupt an dieser Tour teilnimmt. Er hätte besser auf Hans Hubertus gehört und alles abgesagt. Eine Kegeltour gemeinsam mit Ex-Frau, Ex-Schwägerin und neuer Lebensgefährtin ist selbst für einen gestandenen Mann wie Uwe Brosinius zu viel. Kaum ist er im Bett, macht Christel Schlemmer Hans Hubertus Kellermann schöne Augen. Sie lehnt sich an ihn, nennt ihn Zuckerschnäuzchen und krabbelt ihm das Kinn. Hans Hubertus, durch das Bier schon sehr philosophisch, wehrt sich nicht wirklich und übersieht, dass Elvira krebsrot vor Ärger wird. „Lass gefälligst die Finger von meinem Mann", zischt sie böse über den Tisch! „Reicht dir das noch nicht, dass du schon eine Ehe kaputt gemacht hast?"

Christel Schlemmer fängt an zu lachen. „Wenn ich deinen Hubert haben wollte, hätte ich ihn längst", erklärt sie amüsiert.

„Du bist doch eine wirklich von dumme Kuh!", erklärt Elvira.

„Hubert, nun sag doch auch mal was!"

Hubert ist verlegen!

„Ist doch nur Spaß", beschwichtigt er seine Frau und trollt sich rasch, um ein weiteres Fass zu holen. Er stellt es auf den Tisch und nimmt den Hammer, um es anzuschlagen. Leider hält der Zapfhahn nicht. Es schießt eine Fontäne der leckeren Flüssigkeit aus dem Fässchen und ergießt sich in einem Strahl über Christel Schlemmer. Diese steht schimpfend auf.

Patschnass steht sie da wie ein begossener Pudel. Elvira bekommt einen Lachanfall und klopft sich vor Spaß auf die Schenkel, was Christel noch ein bisschen wütender macht. Hans Hubertus ist dies furchtbar peinlich. Er schnappt sich eine Tischdecke vom Nachbartisch und versucht, Christel damit abzutrocknen. Natürlich rettet dies weder ihren Pullover, noch ihre Hose. Ärgerlich stampft sie in Richtung Schlafwagen, um sich umzuziehen. Leider hat Uwe das Abteil abgeschlossen. Sie klopft mehrfach an die Türe, aber Uwe hat offenbar einen gesunden, tiefen Schlaf. Ausgerechnet Sabine Brosinius hilft ihr aus der Patsche. Sie geht kurz in ihr Abteil und holt einen frischen Pullover und eine trockene Hose. Christel bleibt nichts anderes übrig, als die Sachen anzunehmen. Sie bedankt sich und geht auf die Toilette, um sich umzuziehen. Sabine raucht auf dem Gang noch eine Zigarette, dann geht sie zurück in den Speisewagen.

Hans Hubert hat sich verabschiedet. Lediglich Elvira sitzt noch auf ihrem Platz im Speisewagen und kocht vor Wut. „Hast du das eben mitgekriegt? Erst dein Mann, jetzt meiner, oder wie?"

Sabine pflichtet Elvira bei. „Pass bloß auf Hubertus auf. Diese Frau schreckt vor nichts zurück, das sage ich dir! Und jetzt gehen wir schlafen!" Elvira steht auf und verlässt mit Sabine den Speisewagen. Auf den Fluren der Abteile kehrt Stille ein.

Pause – falls Sie ein Menü vorbereitet haben, servieren Sie an dieser Stelle den nächsten Gang.

Zwei Stunden später werden die Reisenden durch eine Notbremsung aufgeweckt. Quietschend kommt der lange Zug zum Stehen. Lärm und Aufregung herrscht auf dem Gang. Hans Hubertus ist als erster auf dem Flur und erkundigt sich beim Zugbegleiter Heinz Schmalkes, was passiert ist. Er erfährt, dass eine der Außentüren geöffnet und dadurch die Notbremsung ausgelöst wurde.

„Sind alle Reisenden vollzählig da?", fragt Schmalkes und nimmt die Belegungsliste zur Hand. „Wir müssen unbedingt feststellen, ob jemand aus dem Zug gefallen ist!"

Hans Hubertus nimmt die Zählung seiner Schäfchen in die Hand. Er klopft an alle Türen. „Kommt mal raus", ruft er. „Ich muss gucken, ob ihr alle da seid!" Nach und nach erscheinen verschlafen seine Frau Elvira, Conny Siebert und Uwe Brosinius. Zu guter Letzt kommt auch Sabine Brosinius über den Gang. Sie konnte nicht schlafen und hat sich noch eine Weile im Speisewagen mit einem afrikanischen Reisenden unterhalten. Nur Christel Schlemmer ist nicht da. Uwe Brosinius kann sich nicht erinnern, ob sie überhaupt ins Bett gekommen ist. „Ich habe seit Mitternacht feste geschlafen", stellt er fest.

„Ich sah sie das letzte Mal, als ich ihr den Pulli und die Hose geliehen habe", erklärt Sabine Brosinius. „Sie wollte damit zur Toilette und sich umziehen!"

Conny Siebert erklärt, dass sie schon seit Stunden schläft und gar nichts mehr mitbekommen hat.

Elvira und Hubertus Kellermann haben ebenfalls bereits tief und fest geschlafen und können nichts über den Verbleib von Christel Schlemmer sagen.

Der gesamte Zug wird durchsucht; Christel Schlemmer bleibt verschwunden. Nach kurzer Zeit kommt von der Bahn die traurige Bestätigung. Man hat Christel Schlemmer tot auf der Strecke gefunden. Sie ist aus dem fahrenden Zug gestürzt. Es herrscht große Betroffenheit unter den Mitgliedern des Kegelclubs.

War es ein Unfall oder wurde bei dem Sturz aus dem Zug nachgeholfen?

Hans Hubertus Kellermann
Vorstellungstext, bitte als 1. in der Runde laut vorlesen:

Ich habe diese Reise mit sehr viel Mühe bis ins Detail vorbereitet. Natürlich hatte ich von Anfang an Bedenken, Sabine,
die Exfrau von Uwe Brosinius und den Uwe mit auf die Tour
zu nehmen. Ich habe versucht, Sabine die Fahrt auszureden,
aber sie wollte nichts davon wissen. Dann habe ich Uwe nahe
gelegt, doch einfach zu Hause zu bleiben. Aber auch er wollte
unbedingt mitfahren und bestand zu allem Elend auch noch
darauf seine Neue, die Christel, mitzunehmen. An Sturheit
sind wohl beide Ex-Ehepartner nicht zu überbieten. Jetzt
haben wir den Schlamassel. Christel hatte wohl etwas zu viel
getrunken. Sie hat mich, wie junge Leute sagen würden,
angebaggert. Ich habe das nicht ernst genommen!
Elvira allerdings war ziemlich auf der Palme. Ich habe schon
geschlafen, als Elvira ins Bett gekommen ist; jedenfalls habe
ich nichts mehr gehört und bin erst durch die Vollbremsung
des Zuges aufgewacht.

Hans Hubertus` Geheimtext
Weitere Informationen für dich! Du darfst von all diesem
Wissen in der Ermittlungsrunde Gebrauch machen!

Sabine und Uwe sind erst kürzlich geschieden worden, und
Uwe hat sehr viel Geld an Sabine zahlen müssen. Er hat sich
bei dir Geld geliehen. Mit 50.000 Euro hast du ihm unter die
Arme gegriffen. Er wollte das Geld kurzfristig zurückzahlen,
aber bis heute ist nichts dergleichen geschehen. Heute Nacht
warst du einmal auf dem Gang und bist zur Toilette gegangen. Dabei ist dir Uwe Brosinius begegnet; er war ebenfalls
auf der Toilette. Dies war aber noch weit vor der Notbremsung. Ansonsten ist dir leider nichts aufgefallen.

Brisant:

Du hast seit einigen Wochen ein Techtelmechtel mit Sabine. Es ist nichts Ernstes, aber aufregend. Du hast natürlich Angst, dass Elvira davon erfährt. Deine Frau Elvira ist vor einiger Zeit einmal wegen Tätlichkeiten zu einer Geldstrafe verurteilt worden. Sie hat damals eine Frau verprügelt, die dir zu nahe getreten war. Das war dir sehr peinlich; Elvira ist in diesen Dingen unberechenbar.

Da Sabine und Christel sich so sehr ähnlich sehen und Christel bei ihrem Tod auch die Sachen von Sabine getragen hat, stellt sich die Frage, ob wirklich Christel Schlemmer getötet werden sollte oder ob der Anschlag eventuell Sabine Brosinius galt. Beides ist möglich.

Nach den Ermittlungen schreibt jeder Mitspieler auf, wen er für den Täter hält, und danach lösen wir den Fall gemeinsam auf.

Elvira Kellermann,
die Ehefrau von Hans Hubertus
Vorstellungstext, bitte nach Hans Hubertus laut in der Runde vorlesen:

Ich bin tief erschüttert. Das ist ja eine ganz furchtbare Geschichte. Man soll ja über Tote nichts Schlechtes sagen, aber die Christel war wirklich nicht mein Fall. Wie sie heute Abend den Hubertus umgarnt hat, obwohl ich direkt daneben gesessen habe, war wirklich ein starkes Stück. Uwe und Sabine hatten eben wieder einmal Streit. Ich habe die beiden nach dem Abendessen im Gang vor den Abteilen beobachtet. Uwe hat sehr energisch auf Sabine eingeredet, und sie haben heftig gestritten. Leider konnte ich nicht hören, um was es ging. Vermutlich ums liebe Geld. Darum geht es doch immer, wenn die beiden streiten! Die Sabine bekommt den Hals einfach nicht voll. Das muss ja mal gesagt werden!
Mehr kann und möchte ich im Moment nicht dazu sagen.

Elviras Geheimtext:
Weitere Informationen für dich! Du darfst von all diesem Wissen in der Ermittlungsrunde Gebrauch machen!

Dein Hans Hubertus hat Uwe 50.000 Euro leihen müssen bei der Scheidung. Du hast dich furchtbar darüber aufgeregt, aber Hans Hubertus lässt seine Freunde nicht im Stich. Du bist gespannt, ob ihr dieses Geld jemals wiederseht. Christel war eine grässliche Person. Was Uwe Brosinius an dieser Frau gefunden hat, ist dir völlig schleierhaft.

Übrigens hatten noch 2 Personen gestern Abend Streit. Du hast es kurz nach der Abfahrt in Köln durch die dünne Wand im Schlafwagenabteil gehört. Sabine Brosinius hat mit ihrer

23

Schwester Conny gestritten. Um was es ging, konntest du nicht hören. Frag die beiden doch einfach mal danach!

Vor 2 Jahren bist du wegen eines tätlichen Angriffs gegen eine Frau zu einer hohen Geldstrafe verurteilt worden. Diese Frau hat deinen Hubert verführen wollen. Da kennst du keinen Spaß. Wer sich an deinen Mann ran macht, der bekommt sein Fett. Einen Mord hast du aber natürlich nicht begangen.

Nach den Ermittlungen schreibt jeder Mitspieler auf, wen er für den Täter hält, und danach lösen wir den Fall gemeinsam auf.

Sabine Brosinius, die Ex-Frau von Uwe
Vorstellungstext, bitte nach Elvira in der Runde vorlesen:

Ich bin die kürzlich geschiedene Frau von Uwe. Bei der Scheidung habe ich das Haus bekommen, einen Porsche, den Hund und eine stattliche Summe Geld als Abfindung. Außerdem muss Uwe monatlich 5.000 Euro Unterhalt zahlen. Dies ist ja wohl alles ganz normal und kein Grund zur Aufregung. Uwe Brosinius hat eine gut gehende Praxis in Köln; er könnte sich das Doppelte an Unterhalt leisten. Aber darum geht es heute Abend ja gar nicht.

Christel ist tot. Dies tut mir nicht einmal besonders leid. Sie hat sich gezielt an meinen Mann heran gemacht und unsere Ehe zerstört! Hans Hubertus wäre vielleicht der nächste gewesen. Wer weiß, was Christel noch vorhatte? In der Beziehung zwischen Uwe und Christel kriselte es doch schon. Ich habe es Uwe doch deutlich angesehen. Dieser Mann war 15 Jahre mit mir verheiratet, der macht mir nichts vor. Die beiden hatten eine tiefe Beziehungskrise, da bin ich sicher.

Vielleicht wollte Christel mit Hubert den nächsten gut verdienenden Mann an Land ziehen? Kellermanns sind ja nicht unvermögend. Mehr kann ich nicht dazu sagen! Ich war, als die Notbremsung eingeleitet wurde, gerade auf dem Weg ins Bett. Im Speisewagen habe ich mich heute Abend noch sehr lange mit einem mitreisenden Herrn aus Südafrika unterhalten.

Sabines Geheimtext

Weitere Informationen für dich! Du darfst von all diesem Wissen in der Ermittlungsrunde Gebrauch machen!

Du hast dich heute wieder heftig mit Uwe gestritten. Er hat dir während der Zugfahrt gesagt, dass er sich diese Summe Unterhalt nicht mehr leisten kann. Die Gesundheitsreform hat ihn stark gebeutelt. Du hast ihm gesagt, dass du ihm keinen Cent entgegen kommen wirst. Du glaubst aber, dass er Schwarzgeld im Ausland deponiert hat. Du hast ihm gesagt, dass du, sollte er die Zahlungen einstellen, dem Finanzamt einen Tipp geben wirst. Er hat sich furchtbar aufgeregt.

Gestritten hast du dich gestern Abend auch noch mit Conny, deiner Schwester. Conny arbeitet bei der Lebensversicherung, bei der du dein Leben versichert hast. Diese Police stammt noch aus der Ehezeit mit Uwe; er ist auch immer noch als Nutznießer eingetragen, sollte dir etwas passieren. Dein Leben ist mit 300.000 Euro versichert. Wenn du stirbst, bekommt Uwe das Geld. Conny hat dich heute Nacht ausgeschimpft, weil du dies immer noch nicht geändert hast.

Conny und Christel Schlemmer sind Kolleginnen bei dieser Lebensversicherung. Christel wird daher auch gewusst haben, dass die Lebensversicherung noch nicht umgeschrieben ist.

Brisant:

Du hast seit einigen Wochen ein Techtelmechtel mit Hubertus Kellermann. Es ist nichts Ernstes, aber aufregend ist es schon. Wenn Elvira davon erfährt, ist natürlich Ärger vorprogrammiert. Elvira ist eine sehr impulsive Person.

Nach den Ermittlungen schreibt jeder Mitspieler auf, wen er für den Täter hält, und danach lösen wir den Fall gemeinsam auf.

Uwe Brosinius, Zahnarzt
Vorstellungstext, bitte nach Sabine laut in der Runde vorlesen:

Christel und ich wollten bald heiraten; das ist heute Abend wirklich ein schwarzer Tag in meinem Leben. Die Scheidung von Sabine hat mich ein Vermögen gekostet und die Gesundheitsreform tut ihr übriges, ich bin im Moment nicht besonders liquide. Leider hält Sabine mich immer noch für einen reichen Mann. Ich bin heute Abend früh ins Bett gegangen, denn ich habe den ganzen Tag gearbeitet und war hundemüde. Heute Nacht war ich einmal kurz auf der Toilette; Hans Hubertus ist mir dabei auf dem Gang begegnet. Ich habe gerade von der Servicekraft im Speisesaal gehört, dass Elvira einen ihrer Eifersuchtsanfälle hatte. An dieser Stelle möchte ich darauf hinweisen, dass Elvira bereits einmal wegen Eifersucht und anschließender Tätlichkeiten gegen eine Frau rechtskräftig verurteilt wurde. Elvira ist in meinen Augen eifersüchtig und unberechenbar. Wer weiß, was sie heute Nacht angestellt hat.

Uwes Geheimtext:
Weitere Informationen für dich! Du darfst von all diesem Wissen in der Ermittlungsrunde Gebrauch machen!

Gerade hast du die teure Scheidung von Sabine hinter dir! Dein Freund Hans Hubert Kellermann hat dir 50.000 Euro geliehen und drängt auf Rückzahlung. Die 5.000 Euro monatlicher Unterhält für Sabine sind auf Dauer nicht mehr aufzubringen. Dies hast du ihr heute Abend auch gesagt. Sie hat reagiert wie erwartet. Sie ist völlig uneinsichtig und besteht auf diesen Zahlungen. Außerdem hat sie dir angedroht, dich beim Finanzamt anzuzeigen, wegen angeblicher Auslandskonten. Leider hast du keinen Cent im Ausland und weißt nicht, wie Sabine auf so einen Unsinn kommt.

Nun aber zum Wesentlichen: Christel arbeitet mit Conny Siebert gemeinsam bei einer Versicherung. Dort läuft eine Lebensversicherung von Sabine. Du weißt von Christel, dass du immer noch Nutznießer sein wirst, wenn Sabine stirbt. Sie hat dies noch nicht ändern lassen. Du würdest 300.000 Euro bekommen. Dieser Gedanke verfolgt dich seit Wochen.

Heute Nacht bist du aufgestanden und wolltest nach Christel sehen. Sie war noch nicht im Abteil. Auf dem Flur hast du zufällig Sabine gesehen. Sie stand mit dem Rücken zu dir, genau vor einer der Außentüren. Es ging alles ganz schnell, du hast rein mechanisch gehandelt. Du hast an ihr vorbei gegriffen, die Türe mit einem Griff geöffnet und sie raus geschupst! Der Zug hat fast gleichzeitig eine Vollbremsung gemacht, damit hast du nicht gerechnet. Du bist ganz schnell zurück ins Abteil und hast dich schlafend gestellt. Als Hans Hubert dann an deine Türe geklopft hat, hast du so getan, als kämst du aus dem Tiefschlaf. Niemand kann sich vorstellen, wie groß der Schock für dich war, als Sabine plötzlich im Gang erschien.

Eine Verwechslung! Christel und Sabine sehen sich ja so ähnlich. Von hinten kann man sie kaum unterscheiden. Außerdem hatte Christel die Sachen von Sabine an. Du hast erst hinterher von dem Bierunfall im Speisewagen gehört. Du hast also die falsche Frau getötet. Nun musst du sehen, ob und wie du aus der Sache raus kommst. Versuche den Verdacht auf Elvira oder Conny Siebert zu lenken.

Lege auf keinen Fall ein Geständnis ab.
Nach den Ermittlungen schreibt jeder Mitspieler auf, wen er für den Täter hält, und danach lösen wir den Fall gemeinsam auf.

Conny Siebert, die Schwester von Sabine
Vorstellungstext, bitte nach Uwe laut in der Runde vorlesen:

Ich bin Conny Siebert, Sabines Schwester, und arbeite, genau wie es Christel Schlemmer getan hat, als Versicherungsagentin für eine große Lebensversicherung in Köln. Sie war meine Kollegin. Als ich gehört habe, dass Christel Schlemmer mit auf diese Tour kommt, wollte ich eigentlich absagen. Ich konnte Christel Schlemmer überhaupt nicht leiden. Sie hat nicht nur die Ehe meiner Schwester zerstört, sie hat mich auch im Büro bei einer Beförderung ausgebootet. Dabei schreckte sie vor keiner List zurück. Aber dies nur am Rande.

Ich bin meiner Schwester zuliebe mitgefahren, sozusagen als moralische Unterstützung. Natürlich habe ich im Vorfeld alles daran gesetzt, Sabine davon zu überzeugen, dass sie besser zu Hause bleibt. Aber Sabine ist ein Sturkopf; sie wollte partout nicht nachgeben. Das Ganze war natürlich eine Katastrophe, und ich bin sehr früh schlafen gegangen. Daher kann ich nichts weiter dazu sagen. An einen Unfall glaube ich allerdings nicht. Um eine solche Türe zu öffnen, benötigt man Kraft. Dass Christel die WC-Türe mit der Außentüre verwechselt hat, glaubt doch wohl niemand ernsthaft.

Connys Geheimtext:
Weitere Informationen für dich! Du darfst von all diesem Wissen in der Ermittlungsrunde Gebrauch machen!

Du hast dich gestern Abend mit Sabine gestritten. Sabine hat immer noch nicht die Lebensversicherung geändert, Uwe ist noch als Begünstigter genannt, falls ihr etwas zustößt; er würde in einem solchen Fall 300.000 Euro bekommen.

Christel Schlemmer war dir sehr unsympathisch. Sie hat im Büro Unterlagen, die du für den Chef für eine wichtige Sitzung vorbereitet hattest, verschwinden lassen. Es gab einen riesen Krach mit dem Chef - und Christel kam wie der rettende Engel daher und hat dem Chef aus der Patsche geholfen. Natürlich ist sie kurz darauf Abteilungsleiterin geworden.

Sabine ist heute Nacht überhaupt nicht im Bett gewesen. Sie hat sich, wie sie sagt, mit einem Mitreisenden im Speisewagen unterhalten. Ihr Bett war jedenfalls unbenutzt.
Du glaubst aber, dass sie mit Hans Hubertus Kellermann unterwegs war. Sie hat seit Wochen ein Techtelmechtel mit ihm. Dies weißt du, weil du die beiden durch Zufall zusammen gesehen hast. Wenn Elvira davon erfahren hat, wäre sie sicher zu allem fähig. Wenn es um Hans Hubertus geht, kennt Elvira keinen Spaß.

Nach den Ermittlungen schreibt jeder Mitspieler auf, wen er für den Täter hält, und danach lösen wir den Fall gemeinsam auf.

Gastrolle 1

Heinz Schmalkes, Zugbegleiter
Vorstellungstext, bitte nach Conny laut in der Runde vorlesen.

Meine Damen, meine Herren,

ich kann Ihnen versichern, dass man die Zugtüren nicht einfach so aus Versehen öffnen kann. Das ist so gut wie ausgeschlossen; man benötigt schon Kraft dazu. Ich werde die Ermittlungen leiten, bis wir im nächsten Bahnhof ankommen und die Polizei zusteigt, denn ich denke, wir haben hier ein Verbrechen aufzuklären.

Geheimtext Heinz:

Weitere Informationen für dich! Du darfst von all diesem Wissen in der Ermittlungsrunde Gebrauch machen!

Heinz, du hast eine Gastrolle und kannst dich daher besonders gut auf die Ermittlungen konzentrieren. Einer der Anwesenden ist der Täter. Ihr müsst in Betracht ziehen, dass es eine Verwechslung gegeben hat. Sollte wirklich Christel Schlemmer getötet werden?

Nach den Ermittlungen schreibt jeder Mitspieler auf, wen er für den Täter hält und danach lösen wir den Fall gemeinsam auf.

Inge Süper, Servicekraft im Speisewagen
Vorstellungstext, bitte nach Heinz bzw. Conny laut in der Runde vorlesen:

Das war ja ein echtes Theater heute Abend, als der Zapfhahn losging und diese Frau Schlemmer, begossen wie ein Pudel, im Raum stand. Die hat sich ja vielleicht aufgeregt.

Ich war froh, als dieser Club später schlafen gegangen ist. Die hatten eine schlechte Stimmung untereinander. Eine der Damen kam dann später nochmal wieder und hat sich lange mit einem Herrn aus Afrika unterhalten. Kurz vor der Notbremsung haben sie gezahlt und sind verschwunden. Mehr kann ich wirklich nicht dazu sagen.

Geheimtext Inge:
Weitere Informationen für dich! Du darfst von all diesem Wissen in der Ermittlungsrunde Gebrauch machen!

Inge, du hast eine Gastrolle und kannst dich daher besonders gut auf die Ermittlungen konzentrieren. Einer der Anwesenden ist der Täter. Ihr müsst in Betracht ziehen, dass es eine Verwechslung gegeben hat.
Sollte wirklich Christel Schlemmer getötet werden?

Nach den Ermittlungen schreibt jeder Mitspieler auf, wen er für den Täter hält und danach lösen wir den Fall gemeinsam auf.

Auflösung:

Sollte Christel Schlemmer oder vielleicht Sabine Brosinius getötet werden?

Wer hätte Grund, Christel zu töten?

1.) Sabine? Wohl eher nicht. Die Scheidung war gelaufen, sie erhielt Unterhalt, und es war doch alles zu ihren Gunsten geregelt.

2.) Elvira? Eher unwahrscheinlich. Sie ist zwar sehr spontan, aber bringt man jemanden um, nur weil er den Ehemann „Schnäuzelchen" nennt?

3.) Conny Siebert? Conny war sauer auf Christel; sie kamen sich beruflich ständig in die Quere. Aber ein Mord? Dazu erscheint das Motiv doch zu schwach.

4.) Hans Hubertus? Hubertus hat wirklich kein Motiv.

5.) Uwe Brosinius ? Nein, er sagt, er wollte Christel sogar heiraten.

Es gibt bei keinem Mitreisenden ein wirkliches Motiv, Christel, so unbeliebt wie sie auch war, zu töten. Trotzdem starb sie durch einen Stoß aus dem Zug. Wir wissen, dass sie Sabines Sachen getragen hat und dass die beiden sich sehr ähnlich sahen.

Der Anschlag galt also mit Sicherheit Sabine Brosinius.

Wer hätte Grund, Sabine zu töten?

Uwe Brosinius, er wäre dann alle finanziellen Probleme los.

Elvira Kellermann. Hier wäre zu klären, ob Elvira wusste, dass Sabine und Hubertus ein Verhältnis haben.

Alle anderen haben kein Motiv für einen Mord an Sabine.

Es gibt keinen Hinweis darauf, dass Elvira vom Verhältnis zwischen Hans Hubertus und Sabine wusste.

Bleibt Uwe Brosinius: Er ist vor dem Bierunfall im Speisewagen schlafen gegangen. Er wusste demnach nicht, dass Christel Anziehsachen von Sabine trug.
Als er die vermeintliche Sabine da so an der Tür stehen sah, handelte er instinktiv.

Uwe ist heute Abend unser Täter. Zum Abschluss kann er noch seinen erklärenden Geheimtext vorlesen.
Bitte Uwe, kläre uns auf!

Mord in bester Gesellschaft

Ein Mitspielkrimi für 6 Personen.

Es spielen mit:

Stefanie Valentino, Filmregisseurin
Alfredo Boleki, Kriminalschriftsteller
Cora Berger, Nachrichtensprecherin, Moderatorin
Harald Müller, Politiker
Lola Lombardi, Chanson-Sängerin
Carlos Lombardi – Manager und Ehemann von Lola

Die erfolgreiche Filmregisseurin Stefanie Valentino lädt zum Jahreswechsel gute Freunde in ihr Schweizer Chalet ein.
Nach einer feucht-fröhlichen Silvesterparty findet sich am Neujahrsmorgen eine Leiche in dem vornehmen Anwesen. Der Täter, soviel steht fest, muss unter den Gästen gesucht werden, denn die Wege zum Haus sind hoch verschneit und ohne Spuren.

Und hier noch ein Wort zu den Spielregeln:

Alle Mitspieler sollten sich nahe an der Wahrheit orientieren; schwindeln darf nur der Mörder.

Die Grundgeschichte zum Vorlesen

Mord in bester Gesellschaft

Die erfolgreiche Filmregisseurin Stefanie Valentino hat zum Jahreswechsel Freunde und Bekannte in ein einsam gelegenes Chalet in der Schweiz gebeten, um gemeinsam ins Neue Jahr zu feiern. Am späten Nachmittag des 31.12. reisen an: die berühmte Chansonsängerin Lola Lombardi und ihr Ehemann Carlos, der Politiker Harald Müller, die bekannte Nachrichtensprecherin und Moderatorin Cora Berger, die durch Funk und Fernseher zu Ruhm gelangte Wahrsagerin Olivia St. Johns sowie der überaus erfolgreiche Kriminalschriftsteller Alfredo Boleki. Gerade als alle Gäste in dem Chalet eingetroffen sind, beginnt draußen ein heftiger Schneesturm. Blitzartig sind Autos und Zufahrtswege zugeschneit, und es sieht nicht so aus, als würde sich das Wetter bald beruhigen.

„Nicht weiter tragisch", erklärt Stefanie Valentino ihren Gästen. „Wir haben alle ein Plätzchen zum Schlafen und Lebensmittel für mehrere Tage."

Stefanie führt ihre Gäste in die behaglichen Schlafzimmer im ersten Stock. Carlos und Lola Lombardi belegen ein großzügiges Doppelzimmer mit herrlichem Ausblick auf die Schweizer Alpen. Cora Berger und Olivia St. Johns schlafen im Zimmer gleich nebenan und Alfredo Boleki teilt sein Zimmer gegenüber mit Harald Müller. Das Schlafzimmer der Gastgeberin befindet sich am Ende des Ganges. Nachdem alle Gäste ausgepackt und sich ein wenig eingerichtet haben, trifft sich die Gesellschaft gut gelaunt zu einem Begrüßungsschluck im Erdgeschoss. Anschließend führt Stefanie ihre Gäste durch das Chalet; vom gut sortierten Weinkeller bis zum Dachgeschoss werden alle Räume in Augenschein genommen und angemessen bewundert. Der Kamin prasselt, der Rotwein ist von bester Qualität und die Laune aller Anwesenden bestens. Nach einem vorzüglichen 4-Gang-Menü versammelt sich die Gesellschaft um den Kamin. Man plaudert entspannt über das letzte Jahr und über die zukünftigen Pläne.

Olivia St. Johns erzählt, dass sie erst kürzlich eine üble Kinderkrankheit überstanden hat. Gott sei Dank verlief die Krankheit glimpflich, dies war ein großes Glück.

Alfredo Boleki berichtet, dass sein neues Buch endlich fertig ist. Am 2. Januar wird er es dem Verlag übersenden. Es handelt, soviel gibt er preis, von einer Frau, die in die Zukunft sehen kann und deshalb von einem Syndikat verfolgt und schließlich ermordet wird.

Cora Berger erzählt, dass sie einen mehrwöchigen Aufenthalt in Australien plant. 4 Wochen möchte sie über den 5. Kontinent reisen.

Harald Müller hält sich sehr zurück; er möchte von seinen politischen und privaten Plänen nicht allzu viel preisgeben. Natürlich, so gesteht er ein, ist er sehr gespannt, ob er bei der Wahl im Februar seinen Platz im Landtag verteidigen kann. In diesem Fall hat er Aussicht auf einen Ministerposten in der Landesregierung.

Es wird einiges getrunken. Abwechselnd gehen Stefanie, Carlos und Cora in den Weinkeller und holen Nachschub des außergewöhnlich guten Tropfens. Alfredo Boleki kommt schließlich auf die Idee, dass Olivia St. Johns allen Anwesenden zum Jahreswechsel aus der Hand lesen soll. Dieser Vorschlag wird von den meisten Gästen begeistert aufgenommen, und Olivia willigt nach einigem Zögern schließlich ein. Sie besteht aber darauf, dass das Handlesen in einem separaten Raum stattfindet, da ihr der Vorgang selbst höchste Konzentration abverlangt und ihre Voraussagen von höchst persönlicher Natur und ein sehr intimer Vorgang sind. Rasch wird in der Küche der Tisch abgeräumt und das Licht gelöscht. Olivia stellt Kerzen auf und zündet diese an. Die Wahrsagerin bittet sich noch 5 Minuten der völligen Konzentration aus, erst dann darf der erste Aspirant die Küche betreten. Nach und nach liest sie Stefanies Gästen aus der Hand. Einige kommen recht fröhlich aus der Küche wieder, andere scheinen eher bedrückt oder gar ärgerlich zu sein. Harald Müller verzichtet ganz auf einen Blick in die Zukunft. Er glaubt nicht an Voraussagen dieser Art und weigert sich standhaft, die Künste von Olivia in Anspruch zu nehmen. Die Zeit vergeht wie im Fluge und um Mitternacht reicht der Schnee bereits bis an die Fensterbänke. Ein Verlassen des Chalets ist unter diesen Umständen undenkbar, und so fällt das kleine Feuerwerk, das die Gastgeberin hinter dem Haus vorbereitet hat, leider aus. Man prostet sich mit feinstem Champagner auf das neue Jahr zu und feiert bis in die Morgenstunden. Lola und Carlos Lombardi ziehen sich gegen 02:00 Uhr in der Frühe zurück.

Carlos ist mächtig betrunken. Der Rotwein hat ihm ausgezeichnet gemundet; dies hat er oft und regelmäßig erklärt. Cora wankt als nächste ins Bett. Sie hat, ebenso wie Carlos Lombardi, einen mächtigen Schwips. Eine Flasche Wein hat sie ganz für sich reserviert und sich, mit zunehmendem Alkoholspielgel, standhaft geweigert, auch nur 1 Tropfen davon abzugeben.

Stefanie muss sie schließlich die Treppe hinauf stützen und hat eine Menge Arbeit, bis Cora endlich im Bett liegt.

Olivia St. Johns geht gegen 05:00 Uhr nach oben und Harald Müller und Alfredo Boleki folgen ihr gegen 05:30 Uhr in die obere Etage. Es kehrt Ruhe ein in dem einsam gelegenen und tief verschneiten Chalet in der Schweiz.

Wenn Sie ein Menü geplant haben, wird hier eine Pause eingelegt für den Hauptgang.

Gegen 06:00 Uhr in der Frühe gellen plötzlich laute Schreie durch das Haus. Nach und nach kommen alle verschlafen auf den Flur. Cora Berger steht zitternd da und zeigt tonlos und entsetzt in ihr Zimmer. Auf dem zweiten Bett liegt reglos Olivia St. Johns. Um ihren Hals wurde ein roter Schal geschlungen; ganz offensichtlich wurde sie damit erdrosselt.

Stefanie versucht sofort, die Polizei zu erreichen. Leider erhält sie eine ernüchternde Auskunft: Alle Zufahrtswege sind zugeschneit. Auf Hilfe von außen kann man vorerst nicht hoffen. Alfredo Boleki untersucht alle Türen und stellt schnell fest, dass niemand eingebrochen ist. Der Schnee reicht immer noch meterhoch ans Haus heran, und es gibt keine Spuren, die auf einen Eindringling hinweisen. Der Mörder ist unter den Gästen, soviel steht fest. Wer aber hatte ein Motiv, die Wahrsagerin zu töten?

Stefanie Valentino, Filmregisseurin
Vorstellungstext, bitte als 1. laut in der Runde vorlesen:

Ich bin, wie ja allgemein bekannt ist, Stefanie Valentino und eine erfolgreiche Filmregisseurin. Zu meinen Gästen kann ich folgendes sagen: Alfredo Boleki ist mein bester Freund und über jeden Verdacht erhaben. Lola und Carlos kenne ich schon viele Jahre. Lola war für eine Rolle in meinem nächsten Film vorgesehen. Cora Berger ist ebenfalls eine ganz gute Bekannte. Da Cora erst kürzlich ihren Mann verloren hat, wollte ich sie mit dieser Einladung etwas ablenken. Harald Müller habe ich erst vor einigen Wochen auf einem Empfang kennen gelernt. Ich fand ihn damals ganz interessant. Wir haben ein paar Mal telefoniert, und da er nichts anderes vorhatte, habe ich ihn zu diesem Fest eingeladen. Bei keinem meiner Gäste kann ich mir vorstellen, dass er zu so einer Tat fähig ist.

Eines ist mir heute Morgen aufgefallen: In einer der vielen Rotweinflaschen, die wir heute Nacht getrunken habt, war nur roter Traubensaft. Ich wollte mir heute Morgen noch rasch den kleinen Rest aus dieser Flasche genehmigen; sozusagen auf den Schreck. Was ich geschmeckt habe, war reiner Saft. Wie er da reinkommt, und warum sich gestern Abend niemand darüber beschwert hat, ist mir schleierhaft. Außerdem war eine der Flaschen auf dem Küchenboden zerdeppert. Das Geräusch einer zerspringenden Flasche habe ich auch oben in meinem Zimmer gehört, denn ich schlafe, wenn ich Gäste habe, nie so richtig feste. Kurz darauf hörte ich dann diesen Schrei! Es ging mir durch Mark und Bein. Ich bin immer noch wirklich erschüttert. Ins Bett gegangen bin ich übrigens gleich, nachdem ich Cora hochgebracht hatte. Ich war ziemlich müde, denn ich habe beruflich anstrengende Wochen hinter mir und meine Gäste haben sich für den Rest der Nacht auch ohne mich bestens amüsiert.

Geheimtext Stefanie:
Weitere Informationen für dich! Du darfst von all diesem Wissen in der Ermittlungsrunde Gebrauch machen!

Die Flasche mit dem Saft stand mit den restlichen leeren Flaschen in der Küche. Hat gestern Nacht noch jemand aufgeräumt? Frag einmal danach, denn du hast die Flaschen nicht in die Küche getragen. Sie standen alle im Wohnzimmer, als du ins Bett gegangen bist.

Zu Olivia: Sie war bis vor 2 Monaten mit Alfredo Boleki verlobt. Leider haben die beiden aber wohl doch nicht zusammen gepasst und sich in Freundschaft getrennt. Gestern hat sie dir gesagt, dass sie einen neuen Partner hat. Sie wollte dir aber partout nicht sagen, wer es ist. Sie sagte, in den nächsten Tagen würde sie die Bombe platzen lassen. Diese Worte verraten, dass es jemand sein muss, der zumindest nicht ganz unbekannt ist. Liegt hier ein Motiv für die Tat?

Und noch etwas ist vielleicht wichtig:
Olivia war Mitinhaberin der Gesellschaft, die deinen nächsten Film produziert und finanziert. Sie hat dir gestern Nacht gesagt, dass sie nicht möchte, dass Lola Lombardi in diesem Film besetzt wird. Sie fand, Lola sei zu alt für diese Rolle. An Olivias Meinung kommst du leider nicht vorbei, und somit wird Lola die Rolle nicht bekommen. Dies hast du Lola leider gestern Nacht noch gesagt. Liegt hier ein Motiv?

Du weißt, dass die Lombardi nicht mehr viel gebucht ist; sie hat ihre besten Tage als Künstlerin hinter sich. Diese Rolle wäre eine Chance für sie gewesen, das Genre zu wechseln und künftig als Schauspielerin zu arbeiten.

Olivia hat, auch dies weißt du, Börsentipps gegeben. Mit diesen lag sie häufig daneben. Du hast daher niemals auf ihren Rat hin Aktien gekauft. Was ist aber mit den anderen? Kann es sein, dass einer der Anwesenden Geld verloren hat, wegen Olivias Vorhersagen? Frag danach.

Cora Berger geht es schlecht. Sie hat sich gestern ziemlich betrunken. Der plötzliche Tod ihres Mannes steckt ihr noch tief in den Knochen. Die beiden waren ein wirkliches Traumpaar. Sie leidet sehr unter dem Verlust. Dies sieht man ihr ganz deutlich an. Kümmere dich besonders liebevoll um Cora, sie kann es wirklich brauchen.

Nach den Ermittlungen schreibt jeder auf, wen er für den Täter hält, und danach lösen wir den Fall gemeinsam auf.

Alfredo Boleki, Buchautor
Vorstellungstext, bitte nach Stefanie laut in der Runde vorlesen:

Ich bin, ebenso wie Coras kürzlich verstorbener Mann, Kriminalschriftsteller. Olivia habe ich sehr gut gekannt. Sie war eine außergewöhnlich interessante Person. Es ist ja kein Geheimnis, dass ich mit ihr liiert war. Vor kurzem haben wir uns getrennt. Es hat eben doch nicht gepasst. Von ihren Voraussagen habe ich nicht viel gehalten. Sie hat mir in der Küche auch nicht aus der Hand gelesen, sondern wir haben uns recht nett unterhalten. Da sie jetzt tot ist, kann ich es ja sagen: Olivia hat mir erzählt, dass sie sich in Kürze verloben wird. Mit wem hat sie nicht verraten. Sie ließ nur durchblicken, dass der Glückliche noch einiges zu regeln hat und dass die Nachricht der bevorstehenden Verlobung deshalb noch nicht in die Öffentlichkeit gelangen darf. Ich habe ihr Diskretion zugesichert, aber sie wollte ihren Zukünftigen trotzdem noch nicht preisgeben. Ob hier ein Motiv für diese Tat steckt?

Ich bin todmüde, habe ja kaum geschlafen. Harald Müller und ich sind erst gegen 05:30 Uhr ins Bett gegangen. Wir sind beide, da bin ich sicher, sofort feste eingeschlafen. Es war mir fast ein bisschen peinlich, dass wir das Wohnzimmer in einem solchen Chaos hinterlassen haben, aber wir waren einfach nicht mehr in der Lage aufzuräumen und haben alles so stehen und liegen lassen, wie es war.

Geheimtext Alfredo:

Weitere Informationen für dich! Du darfst von all diesem Wissen in der Ermittlungsrunde Gebrauch machen!

Olivia hatte sich im September nach 3 Jahren Beziehung völlig überraschend von dir getrennt und dir auch offen gesagt, dass ein anderer Mann der Grund dafür ist. Wer es ist, wollte sie nicht verraten. Carlos Lombardi und Cora Berger waren gestern Nacht beide völlig betrunken. Bei Carlos kannst du den Grund nur vermuten. Seine Frau ist eine sehr anstrengende Person und vielleicht wollte er für ein paar Stunden der Realität entfliehen. Er hat gestern Abend heftig mit Olivia geflirtet. Dies wundert dich allerdings nicht; Olivia war eine außergewöhnlich schöne Frau und Carlos ist ein wirklicher Casanova. Man munkelt, dass er seine Frau permanent betrügt und dass in dieser Ehe regelmäßig die Fetzen fliegen. Bei Cora Berger ist der Grund für ihren Alkoholkonsum vermutlich ganz persönlicher Natur: Ihr Mann ist vor einigen Wochen nach kurzer Krankheit plötzlich verstorben. Es ist verständlich, dass sie zu viel getrunken hat, denn die beiden waren ein wirkliches Traumpaar. Sie wird ihn sehr vermissen.
Harald Müller, der Politiker, war beim Auffinden der Leiche besonders bestürzt. Er musste sich sofort hinsetzen und war leichenblass, der arme Kerl. Vermutlich macht er sich Sorgen um seine Karriere. Einen Skandal, so kurz vor der Landtagswahl, kann er sich wohl kaum erlauben.
Olivia und Lola haben sich in der Küche, während dem Handlesen, gestritten. Dies hast du deutlich gehört, denn du warst in dieser Zeit in der Diele. Worum ging es bei diesem Streit? Frag danach.
Du hast dich die ganze Nacht angeregt mit ihm und Olivia unterhalten, dann seid ihr am frühen Morgen endlich ins Bett gegangen. Du hattest zwischendurch den Eindruck, dass Olivia gerne noch mit ihm alleine geblieben wäre, aber Harald

hat dich ständig gebeten, noch unten im Wohnzimmer zu bleiben. Schließlich ist Olivia dann, etwas angesäuert, nach oben gegangen. Dies war gegen 05:30 Uhr. Kurz darauf war sie tot. Ob Harald der geheimnisvolle neue Liebhaber ist? Aber warum wollte er dann nicht mit Olivia alleine bleiben? Dies wäre ja eigentlich unlogisch, oder?

Brisant:

Du weißt, dass Carlos Lombardi ab Januar eine Künstleragentur eröffnen wird. Er sucht also nach neuen Talenten. Weiß Lola dies? Und wollte er wohlmöglich Olivia managen?

Nach den Ermittlungen schreibt jeder auf, wen er für den Täter hält, und danach lösen wir den Fall gemeinsam auf.

Harald Müller, Politiker
Vorstellungstext, bitte nach Alfredo laut in der Runde vorlesen:

Ich bin Politiker, seit 22 Jahren verheiratet und habe mit meiner Frau einen bereits erwachsenen Sohn, der zurzeit in den USA studiert. Meine Frau ist über Silvester zu ihm nach Ohio gereist, daher bin ich heute alleine hier. Ich kandidiere in wenigen Wochen für den Landtag. Aus diesem Grund kann ich mir keinen Skandal leisten und möchte nichts mit der ganzen Sache zu tun haben. Es versteht sich wohl von selbst, dass ich als Täter ausscheide. Daher werde ich bei allernächster Gelegenheit dieses Chalet verlassen und gegenüber der Presse dementieren, hier gewesen zu sein. Ich bitte um Diskretion. Ich habe Olivia kaum gekannt und habe mir auch nicht aus der Hand lesen lassen. Ich glaube nicht an solchen Hokuspokus. Da ich also weder alleine mit Olivia in der Küche noch persönlich mit ihr bekannt war, scheide ich als Täter aus. Mehr kann und werde ich nicht dazu sagen.

Geheimtext Harald:

Weitere Informationen für dich! Du darfst von all diesem Wissen in der Ermittlungsrunde Gebrauch machen!

Du hast Olivia im September bei einer Bilderausstellung kennen gelernt und dich seither regelmäßig heimlich in verschiedenen Hotels mit ihr getroffen. Dies durfte keinesfalls an die Öffentlichkeit dringen, denn du bist verheiratet und wirst dich niemals von deiner Frau trennen. Leider war Olivia sehr uneinsichtig; sie hat permanent darauf gedrängt, dass du dich zu ihr bekennst. Es wurde zunehmend lästig. Gestern habt ihr euch kurz im Weinkeller getroffen, und Olivia hat dich wieder einmal gefragt, wann du sie offiziell als deine

Lebenspartnerin vorstellen willst. Ihr habt euch heftig gestritten, weil du keine Zeitzusage machen wolltest.

Du hast mir ihr und Alfredo dann bis in den Morgen im Wohnzimmer gesessen. Olivia ging einfach nicht ins Bett, sie wäre gerne noch mit dir alleine gewesen. Du hast Alfredo daher immer wieder nachgeschenkt und nicht zugelassen, dass er sich nach oben zurückzieht. Olivia hat gegen 05:00 Uhr aufgegeben und ist nach oben gegangen. Um 05:30 Uhr war dann auch für dich und Alfredo der Abend zu Ende. Du bist sofort eingeschlafen und kurz darauf wieder durchs Coras Schreie geweckt worden.

Was dir gestern Nacht aufgefallen ist: Carlos Lombardi hat heftig mit Olivia geflirtet; Lola war schon ganz rot vor Ärger über diese Tatsache. Du weißt, dass Carlos und Olivia vor Monaten einmal gemeinsam bei einer Talkshow eingeladen waren. Olivia hat danach sehr von Carlos geschwärmt. Bring dies ruhig zur Sprache, denn du solltest davon ablenken, dass du Olivias Liebhaber gewesen sein könntest. Carlos käme hier genauso gut in Frage. Bestärke die anderen in der Annahme, dass Carlos der Liebhaber von Olivia war.

Olivia besaß 50% der Produktionsgesellschaft, die den nächsten Film von Stefanie finanziert. Spielt dies heute Abend eine Rolle?

Nach den Ermittlungen schreibt jeder auf, wen er für den Täter hält, und danach lösen wir den Fall gemeinsam auf.

Carlos Lombardi
Vorstellungstext, bitte nach Harald in der Runde vorlesen:

Iche binne die Ehemann und Manager von Lola. Wir sind sehr temperamentvolle Menschen, wie Italiener eben so sinde. Eingesperrt sein, dasse ist für miche eine fast unerträgliche Zustand und diese Schnee ist einfach die Peste. Noch dazu mit eine Tote im Haus! Ich schlage vor, dasse wir die Tote tragen hinaus in die Schuppen. Vielleicht man kanne ja graben eine Weg bis zu die Schuppen mit Schaufel. Keine Stunde möchte länger ich mit Leiche sein im Haus- gibte Unglück für neues Jahr. Heute Nacht isse mir nix aufgefallen! Meine Lola atte schlechte Laune, und ich abe zu viele von die Vino getrunken. Basta. So isse nun mal bei uns. Signora Cora Berger war auch zu viele getrunke; sie wollte mir nix von ihrem Vino abgeben und atte ihre Flasche Vino verteidigt wie eine Tiger. Hatte viel Temperamento, diese Signora Berger. Ich musste in die Keller neues Vino holen und aufmache. Olivia atte mir in die Küche auch gelesen aus die Hande. Sie hat gesagt, ganz neues Leben bald anfangt. Ich binne gespannte auf neue Jahr und ob stimmt, was sie sagen. So, nun ich abe genug gesagte, und ische abe Kopfschmerze. Bin ich gespannt, wer ist die Mörder. Ische jedenfalls habe nix gemacht kaputte Seniora Olivia.

Geheimtext Carlos:
Weitere Informationen für dich! Du darfst von all diesem Wissen in der Ermittlungsrunde Gebrauch machen!

Du bist Italiener und darfst ruhig ein bisschen italienisches Temperament an den Tag legen. Vor einigen Monaten hast du einmal eine Liebesnacht mit Olivia verbracht. Ihr wart damals beide Gäste in einer Talkshow, so habt ihr euch kennen gelernt. Du hättest das Verhältnis gerne fortgesetzt, aber Olivia wollte nicht.

Die Karriere deiner Frau stockt zurzeit; sie wird nur noch mäßig gebucht, und ihr lebt von euren Ersparnissen. Leider kannst du Lola dies kaum vermitteln, sie hat in Geldsachen überhaupt keinen Überblick und gibt es nach wie vor mit vollen Händen aus.

Stefanie hat Lola eine Rolle in ihrem nächsten Film angeboten und auf diesen Film setzt Lola alle Hoffnung. Fakt ist aber, dass du als Manager dringend neue Talente benötigst, um weiter euren Lebensstil finanzieren zu können. Daher hast du, bisher heimlich, eine Künstleragentur gegründet. Sie wird am 3.1., also übermorgen, offiziell eröffnet. Das Büro ist bereits angemietet. Von all dem weiß Lola nichts. Sie hat Angst vor jedem Schritt, der dich unabhängig von ihr macht.

Du hast Olivia und Cora Berger gestern gefragt, ob sie sich von dir managen lassen möchten. Beide waren nicht abgeneigt. Ihr wolltet in Kürze Verhandlungen darüber führen.

Komisch ist, dass Lola gestern unbedingt 35.000 Euro von dir haben wollte. Sie wollte dir nicht sagen, wozu sie es braucht. Du hast abgelehnt, denn es fehlt euch zurzeit jeder Penny. Es macht dich aber stutzig, denn Lola hat sich bisher noch nie um Geld gekümmert; sie verdient es und gibt es auch aus, aber noch nie hat sie dich um eine solche Summe gefragt. Wird Lola wohlmöglich erpresst? Und wenn ja, womit und von wem? Sprich dies an.

Nach den Ermittlungen schreibt jeder auf, wen er für den Täter hält, und danach lösen wir den Fall gemeinsam auf.

Lola Lombardi, Chanson-Sängerin
Vorstellungstext, bitte nach Carlos laut in der Runde vorlesen:

Ich bin die Ehefrau von Carlos Lombardi und Chansonsängerin mit internationalen Erfolgen. Olivia hat mir am Silvesterabend, wie schon so oft, aus den Karten gelesen. Was sie mir gesagt hat, ist sehr privat und geht niemanden etwas an. Mein Mann hat den Abend über mit Olivia geflirtet; aber Carlos flirtet seit Jahrzehnten mit jeder schönen Frau. Trotzdem liebt und managt er nur mich. Und daran wird sich auch in 100 Jahren nichts ändern, nicht wahr, Carlos? Aber etwas anderes ist wichtig: Als Frau weiß ich, dass man Silvester mit seinem Liebsten feiert. Olivia hatte doch garantiert einen Liebhaber! Eine Frau, die so aussieht, ist nicht alleine. War ihr Liebster unter den Gästen? Wer kommt dazu in Frage? Dieser Frage sollten wir auf den Grund gehen, denn fast immer sind die Liebe und die Eifersucht das stärkste Mordmotiv. Ich sage euch, der Mörder ist Olivias Liebhaber! Vielleicht, und dies wäre natürlich besonders pikant, hatte sie aber auch eine Liebhaberin? Heutzutage kann man doch gar nichts mehr ausschließen, nicht wahr?

Geheimtext Lola:
Weitere Informationen für dich! Du darfst von all diesem Wissen in der Ermittlungsrunde Gebrauch machen!

Du bist eine richtig italienische Diva. Launisch, kapriziös und anstrengend. Deine Karriere stockt zurzeit. Da kam es gerade recht, dass Stefanie dir eine Rolle in ihrem nächsten Film in Aussicht gestellt hatte, denn zurzeit lebt ihr, wie Carlos zumindest behauptet, von euren Ersparnissen.

Kurz bevor ihr ins Bett gegangen seid, hat Stefanie dir erklärt, du könntest die Rolle doch nicht bekommen. Olivia, so erklärte sie dir, sei Mitproduzentin und Geldgeberin für den Film, und Olivia sei gegen deine Besetzung! Du warst so wütend! Aber umgebracht hast du Olivia natürlich nicht.

Olivia hat dir vor 3 Monaten einen angeblich todsicheren Aktientipp gegeben. Da du Carlos nicht um das Geld fragen wolltest, hat Olivia dir 35.000 Euro vorgestreckt - und du hast diese Aktien damit gekauft. Der Tipp war ein Flop und das gesamte Geld ging verloren. Gestern hat Olivia unverschämter Weise das Geld zurückgefordert, daher hattet ihr in der Küche, während des Handlesens, Streit. Du bist der Meinung, dass Olivia das Geld nicht zusteht. Schließlich kam der Börsentipp von ihr selbst.

Trotzdem hast du Carlos später nach 35.000 Euro gefragt. Er hat behauptet, ihr hättet eine solche Summe nicht mehr. Da du in finanziellen Dingen völlig ahnungslos bist, musst du ihm dies wohl glauben. Du fragst dich aber, wo euer ganzes Geld geblieben ist. Du hast über die Jahre tausende von Platten verkauft und sehr viel Geld verdient. Carlos hast du in Gelddingen immer blind vertraut.

Völlig rätselhaft ist dir Harald Müller. Hat Olivia etwas über ihn herausgefunden, was seiner Karriere schaden könnte? Dies wäre doch vielleicht ein Motiv. Du solltest diesen Gedanken ansprechen.

Gestern hat Carlos lange mit Cora Berger und auch mit Olivia gesprochen. Sie taten so heimlich, und du fragst dich, was die drei zu bereden hatten. Frag Carlos danach!

Nach den Ermittlungen schreibt jeder auf, wen er für den Täter hält, und danach lösen wir den Fall gemeinsam auf.

Cora Berger, Nachrichtensprecherin
Vorstellungstext, bitte nach Lola laut in der Runde vorlesen:

Ich bin sehr bestürzt, dass Olivia St. Johns tot ist. Ich kannte sie schon viele Jahre; sie hat mir und auch meinem Mann schon in vielen schwierigen Situationen mit Rat und Tat und ihrer Begabung geholfen. Leider habe ich gestern Abend viel zu viel getrunken. Ich entschuldige mich in aller Form bei unserer Gastgeberin. Ich bin nervlich ein wenig angeschlagen. Jedenfalls hat mich Stefanie gegen 03:15 Uhr ins Bett gebracht. Ich weiß das so genau, weil ich noch auf den Wecker geguckt habe, bevor ich weggenickt bin. Ich habe geschlafen wie ein Stein und auch nicht gehört, dass Olivia ins Bett gekommen ist. Heute, gegen 06:00 Uhr, bin ich aufgewacht, weil ich so großen Durst hatte. Und da lag Olivia tot auf ihrem Bett, gleich neben mir. Es war schrecklich! Ich bin in Panik raus auf den Flur und habe geschrien. Was hätte ich auch sonst tun sollen?
Eins ist vielleicht noch wichtig: Ich habe gestern, am frühen Abend, aus dem Keller Wein hinauf geholt. Da hörte ich Olivia hinter einem der Regale sprechen. Ich wollte nicht unhöflich sein und lauschen, daher bin ich gleich wieder raufgegangen. Tatsache ist aber, dass Olivia sich mit jemand gestritten hat. Da der Gesprächspartner nicht zu Wort kam, kann ich nicht sagen, ob es ein Mann oder eine Frau war. Vielleicht hat sie auch nur mit dem Handy telefoniert, aber ich hatte eher das Gefühl, dass da noch jemand im Keller war.

Fest steht: Einer von euch hat meine totale Trunkenheit ausgenutzt und Olivia erdrosselt, während ich daneben geschlafen habe. Ich möchte nichts wie weg hier!

Geheimtext Cora:
Weitere Informationen für dich! Du darfst von all diesem Wissen in der Ermittlungsrunde Gebrauch machen!

Liebe Cora, wir sagen es besser direkt: Du bist heute Abend die Mörderin.

Begründung: Dein Mann hat vor Wochen die Masern bekommen. Er bekam als Folgeerkrankung eine schwere Lungenentzündung und verstarb daran. Du konntest dir nicht erklären, wo er sich angesteckt haben könnte. Er war Schriftsteller und ging selten aus dem Haus. Als Olivia am Abend erzählte, dass sie vor kurzem eine Kinderkrankheit überstanden hat, kam dir der furchtbare Verdacht. Dein Mann war kurz vor seiner Erkrankung bei Olivia, um sich aus der Hand lesen zu lassen. Du hast Olivia heute Abend in der Küche gefragt, welche Kinderkrankheit sie kürzlich erst überstanden hat. Sie erklärte dir, dass es die Masern waren. Und dann hat sie dir noch erzählt, dass sie trotzdem weiter gearbeitet hat, um ihren Kunden nicht absagen zu müssen.

Sie hat also wissend, dass sie an einer ansteckenden Krankheit litt, Kunden empfangen und somit deinen geliebten Mann auf dem Gewissen. Du hast daraufhin einen furchtbaren Plan geschmiedet. Du bist in den Keller gegangen und hast eine Flasche Wein in den Ausguss gekippt. Diese hast du dann mit rotem Traubensaft gefüllt, der ebenfalls im Keller lagert. Spät am Abend hast du diese präparierte Flasche aus dem Keller geholt, mit nach oben genommen und als deine persönliche Flasche deklariert. Carlos wollte einen Schluck abhaben, aber du hast völlig entrüstet abgelehnt.

Du bist eine ganz gute Schauspielerin und hast im Laufe des Abends die Flasche fest umklammert und nach und nach geleert. Alle haben geglaubt, dass du völlig betrunken bist, aber du warst im Gegenteil stocknüchtern. Du hast dich im Zimmer auf einen Stuhl gesetzt, um nicht einzuschlafen. Als Olivia gegen 05:00 Uhr ins Zimmer kam und dann einschlief, hast du sie mit ihrem eigenen Schal erwürgt! Gegen 05:30 Uhr hast du Alfredo und Harald gehört, sie gingen endlich ins Bett. Du hast noch etwas gewartet, dann bist du ins Wohnzimmer geschlichen. Du wolltest sicherstellen, dass die Saftflasche komplett leer ist. Leider konntest du nicht auf Anhieb feststellen, welche die richtige Flasche ist. Daher hast auf Zehenspitzen alle Flaschen in die Küche gebracht. Gerade als du sie ausschütten wolltest, ist eine der Flaschen umgefallen und laut auf den Boden gescheppert. Du hast dich furchtbar erschrocken. Also bist du, so schnell du konntest, nach oben gelaufen. Der Rest ist bekannt.

Wenn du gefragt wirst, woran dein Mann gestorben ist, musst du gut aufpassen, was du sagst.

Die anderen wissen um die Masernerkrankung von Olivia.

Und hier noch etwas, womit du gut von dir ablenken kannst: Olivia hat dir am Silvestertag anvertraut, dass Lola Lombardi ihr seit Wochen 35.000 Euro schuldet und sie offensichtlich nicht zurückzahlen kann. Dies kann als Motiv gewertet werden.

Außerdem sah doch jeder, wie begeistert Carlos von Olivia war. Er hat sich ja geradezu angeschmachtet.

Lege bitte keinesfalls ein Geständnis ab. Am Ende der Ermittlungen schreiben alle auf, wen sie für den Täter halten, und danach lösen wir den Fall gemeinsam auf.

Auflösung:

Stefanie Valentino, Alfredo Boleki und Carlos Lombardi scheiden aus. Bei niemandem ist ein Motiv zu entdecken.

Schauen wir zu den anderen Gästen:

Lola hat gleich mehrere Motive:
Sie ist auf einen Börsentipp von Olivia hineingefallen und hat 35.000 Euro verloren. Kurioserweise hatte Olivia ihr das Geld auch noch für den Aktienkauf geliehen und forderte es nun zurück. Daher hatten die beiden in der Küche Streit.
Außerdem hat Lola am Abend von Stefanie erfahren, dass Olivia sie nicht in dem neuen Film besetzen möchte. Olivia ist Mitproduzentin.

Als wäre dies alles noch nicht genug, hat Lola Grund zu der Annahme, dass vielleicht Carlos der neue Liebhaber von Olivia ist. Dies wäre zumindest denkbar.

Es gibt für Lola also 3 Gründe, Olivia etwas anzutun.

Aber: Lola ist, nach einigem Weinkonsum, mit Carlos gemeinsam gegen 02:00 Uhr ins Bett gegangen. Nehmen wir an, sie wäre die Täterin. Dann hätte sich Lola wirklich lange Zeit wach halten müssen, um den geeigneten Zeitpunkt abzuwarten, denn Olivia kam ja erst gegen 05:00 Uhr nach oben. Außerdem wäre sie Gefahr gelaufen, dass Cora während der Tat aufwacht, und dieses Risiko wäre sie sicher nicht eingegangen.

Kommen wir zu Harald:
Wir wissen inzwischen, dass er der neue Liebhaber von Olivia

war. Sie liebte ihn sicher deutlich mehr als er sie. Für ihn war es nur eine Affäre, die, dies gibt er zu, langsam aber sicher lästig wurde. Harald Müller hat bis 05:30 Uhr mit Alfredo gezecht. Um 06:00 Uhr schon gellte der Schrei durchs Chalet. Hätte Harald sich getraut, Olivia in ihrem Bett zu erdrosseln, nur um zu verhindern, dass sie das Verhältnis zu ihm publik macht? Und wäre auch hier die Gefahr, die schon seit Stunden schlafende Cora zu wecken, nicht zu groß gewesen? Er hätte nicht davon ausgehen können, dass Olivia sich nicht wehrt und Krach schlägt. Nein, Harald Müller scheidet ebenfalls als Täter aus.

Was ist also genau passiert?

Wir wissen, dass alle Zimmer des Chalets auf einem Gang liegen. In der Eingangsgeschichte haben wir erfahren:

Carlos und Lola schlafen in einem Doppelzimmer mit Blick auf die Alpen, Cora Berger und Olivia hatten das Zimmer daneben bezogen und Alfredo schlief mit Harald in einem Zimmer gegenüber. Das Zimmer der Gastgeberin lag am Ende des Ganges.

Stefanie hat gehört, wie am frühen Morgen eine Flasche in der Küche heruntergefallen ist. Sie hörte das Zerscheppern des Glases, und kurz danach gellten Coras Schreie durch den Flur.

Wenn Cora beim Aufwachen die Leiche gefunden hat und gleich danach auf den Flur gelaufen ist, müsste sie die Person, die die Flasche in der Küche hat fallenlassen, in der Diele angetroffen haben.

Alle kamen aber aus ihren Schlafzimmern. Dies kann nur bedeuten, dass Cora die Täterin ist.

Motiv:

Coras Mann starb an Masern. Cora hat heute Abend in der Küche erfahren, dass Olivia an Masern erkrankt war und trotzdem Sitzungen mit ihren Kunden abgehalten hat. Endlich wusste sie, wo ihr Mann sich mit der tödlich verlaufenen Krankheit angesteckt hat, denn er war Tage vor seiner Erkrankung noch als Kunde bei Olivia. Sie war entsetzt und fasste den Plan, Olivia zu töten. Sie hat den Wein im Keller gegen Saft ausgetauscht und ihre Trunkenheit nur vorgetäuscht.

Als Olivia endlich ins Bett kam, hat sie diese, nachdem sie eingeschlafen war, mit dem Schal erwürgt.

Danach wartete sie ab, bis auch Alfredo und Harald im Bett waren.

Dann lief sie hinunter, um sicher zu stellen, dass die Saftflasche wirklich restlos leer war. Doch sie wusste nicht mehr genau, welche die richtige Flasche war. Daher hat sie hat alle Flaschen in die Küche getragen, um sie auszuleeren. Dabei fiel eine Flasche herunter und zersprang. Sie rannte so rasch wie möglich wieder hinauf und stellte sich schreiend auf den Flur.

Muttertag

Es spielen mit:

Elisabeth Manteuffel, geb. von Stetten, Schauspielerin
Dr. Ingo Manteuffel, Schönheitschirurg, Ehemann von Elisabeth
Friedrich von Stetten, Bruder von Elisabeth und Maja, Geschäftsmann
Maja von Stetten, Schwester von Friedrich und Elisabeth
Dr. Lilly Borgers, Chirurgin und Journalistin
Alberto Gromoldi , Geschäftsmann
Karina Weber, Kommissarin
Donald Lloyd, Anwalt

Gastrollen
Susi Müller, Krankenschwester in der Klinik am See
Horst Stephan, der Gärtner der Familien von Stetten

Ein alter Fall führt die Kommissarin Karina Weber noch einmal in die Villa der Familie von Stetten. Hier wurde am Muttertag vor 6 Jahren die Besitzerin der Klinik am See, Gloria von Stetten, ermordet. Doch wurde seinerzeit wirklich der richtige Täter verhaftet und verurteilt? Es gibt berechtigte Zweifel und der Fall muss dringend noch einmal genau untersucht werden!

Ein Wort zu den Spielregeln:
Alle Mitspieler sollten sich nahe an der Wahrheit orientieren, schwindeln darf nur der Täter.

Die Grundgeschichte zum Vorlesen

Das Telefon in der Villa klingelte an diesem Freitagmorgen laut und unüberhörbar. Es dauerte eine ganze Weile, bis Elisabeth, die wie jeden Morgen im Schwimmbad ihre Bahnen zog, am Apparat war.

„Manteuffel", sagte sie und zog das Handtuch, welches sie eilig um ihren gut trainierten Körper gewickelt hatte, etwas fester. Das Wasser lief ihr aus den Haaren und bildete kleine Pfützen auf dem hellen Marmorboden.

„Guten Morgen, Frau Manteuffel", sagte eine weibliche Stimme am anderen Ende der Leitung. „Hier spricht Karina Weber, Sie erinnern sich an mich?"

Für einen kleinen Moment erschrak Elisabeth, dann hatte sie sich wieder gefangen.

„Sie? Du meine Güte ... ist etwas passiert?"

„Naja", sagte Karina, „das kommt ganz darauf an, wie man es sieht. Ich wollte Sie darüber informieren, dass Ihre Schwester heute entlassen wird!"

Einen Moment schien die Welt für Elisabeth still zu stehen. Sie begriff nicht sofort, was sie gerade gehört hatte.

„Maja wird entlassen? Aber wieso denn? Ich meine, sie hat doch lebenslänglich bekommen. Wieso wird sie denn entlassen? Ich verstehe das nicht!"

„Ihre Schwester hat einen neuen Anwalt. Donald Lloyd. Dieser rief mich eben an und hat mich darüber informiert, dass der zuständige Richter die Entlassung Ihrer Schwester angeordnet hat", erklärte Karina. „Wenn ich ihn richtig verstanden habe, wird es eine Wiederaufnahme des Verfahrens geben." Karina räusperte sich, bevor sie fortfuhr: „Ich dachte, Sie sollten das wissen. Schließlich waren Sie damals die Hauptbelastungszeugin der Anklage!"

Elisabeth sank auf einen der teuren Rattanstühle und rang um Fassung.

„Aber ... man kann sie doch nicht einfach so entlassen! Sie hat doch höchstens 5 Jahre abgesessen. Das gibt es doch nicht."

„Doch, das kann man. Bis zum Abschluss dieses neuen Verfahrens ist sie auf freiem Fuß. Ich muss die Ermittlungen wieder aufnehmen und würde gerne mit Ihnen und allen anderen damals Beteiligten über die Ereignisse seinerzeit sprechen."

„Ich weiß nicht, wozu das gut sein soll", erklärte Elisabeth energisch. „Meine Schwester hat unsere Mutter damals umgebracht. Das wurde doch klar bewiesen!"

„Es war ein reiner Indizienprozess. Ihre Schwester hat die Tat immer bestritten. Wenn Sie nichts dagegen haben, komme ich heute am Abend in die Villa. Sie wohnen doch jetzt dort, oder?"

„Ja, mein Mann und ich wohnen in der Villa. Also gut, dann kommen Sie her. Ich werde versuchen, meinen Bruder und die anderen zu erreichen. Versprechen kann ich so kurzfristig aber nichts!"

Maja stand mit einem kleinen Koffer vor dem Frauengefängnis Stolzenberg und atmete die laue Frühlingsluft ein. Hinter ihr schloss sich langsam und knarrend die große Stahltüre. Endlich frei, sie konnte es kaum glauben. Auf der anderen Straßenseite parkte ein schwarzer Mercedes. Der Anwalt Donald Lloyd stieg aus dem Wagen und kam auf Maja zu.

„Da sind Sie ja!", lachte er fröhlich und nahm ihr den Koffer ab.

„Ja, da bin ich", stellte Maja lächelnd fest und ging festen Schrittes mit ihm zum Wagen.

Zur gleichen Zeit in der Klinik am See:

Der Schönheitschirurg Dr. Ingo Manteuffel sah sich die frisch operierte Nase seiner Patientin an. „Na, das sieht doch alles recht gut aus", erklärte er dann lächelnd. Die Patientin grummelte etwas Unverständliches. Ihre Augen waren blau unterlaufen und sie hatte Schmerzen. Sehr große Schmerzen. „In 14 Tagen saugen wir das Fett am Bauch weg und im Juni machen wir Busen und Tränensäcke!", erklärte Manteuffel.

Das entsetzte und heftige Kopfschütteln der Patientin übersah der Chirurg. Er kannte das schon; gleich nach einer OP wollte keine seiner Patientinnen etwas von weiteren Eingriffen wissen, aber wenn sie dann nach wenigen Wochen das Resultat genießen konnten, saßen sie kurz darauf wieder bei ihm im Büro, um die nächsten Verschönerungen zu verabreden.

„Deine Frau hat angerufen", flüstere Schwester Suse ihm ins Ohr. „Du sollst sofort rüber in die Villa kommen. Es klang dringend!"

„Dringend? Was hat sie denn? Ist ihr der Champagner ausgegangen?" Der spöttische Unterton in seiner Stimme war unüberhörbar. Schwester Suse schüttelte den Kopf.

„Du solltest rüber gehen. Ich glaube, es ist etwas passiert!"

Friedrich von Stetten saß an der Theke seines noblen Nachtclubs und beobachtete die junge Tänzerin, die sich in der Mitte der Tanzfläche, mit wenig Textilien bekleidet, redlich an einer eigens zu diesem Zweck installierten Stange abmühte und im Takt der Musik alle möglichen Verrenkungen vornahm. Er schüttelte genervt den Kopf und gab ihr ein Zeichen, aufzuhören und zu verschwinden. Es war nicht einfach, geeignetes Personal für diesen Job zu finden, und Friedrich dachte mit Schaudern daran, dass noch weitere 8 junge Frauen hinten im Aufenthaltsraum auf ihre Chance warteten. Die nächste kam bereits hinein, als Friedrichs Handy klingelte. Er gab dem Mädchen ein Zeichen, wieder nach hinten zu verschwinden und sah auf das Display.

„Lilly B." stand dort. Erstaunt, ja geradezu verwundert, nahm Friedrich das Gespräch an. Was er hörte, ließ ihn frösteln.

„Das gibt's doch nicht", rief er aufgebracht. „Und das nennt sich Rechtsstaat!"

Lilly blieb gelassen. „Du weißt, dass ich immer Zweifel an Majas Schuld hatte", erklärte sie sachlich. „Es gab einfach zu viele Ungereimtheiten."

„Ungereimtheiten. So ein Quatsch. Elisabeth hat sie doch genau gesehen damals. Aber lassen wir das. Um wie viel Uhr sollen wir da sein?"

„20:00 Uhr in der Villa!", erklärte Lilly.

„Am Tatort? Maja wird doch hoffentlich nicht dort sein, oder? Hat Elisabeth gesagt, ob Maja kommt?"

„Nein. Dazu hat sie nichts gesagt. Aber warum sollte sie nicht dabei sein? Schließlich geht es um sie! Hast du ein Problem damit?"

Friedrich lachte kurz und bitter auf. „Nein, ich sicher nicht. Aber Elisabeth und Ingo werden sicher in Erklärungsnot kommen. Oder weiß Maja inzwischen, dass ihr damaliger Verlobter inzwischen mit ihrer Schwester verheiratet ist?"

„Davon kannst du ausgehen", erklärte Lilly nüchtern.

„Na gut, das ist ja auch nicht meine Sorge. Und dieser Albert? Kommt der auch?"

„Natürlich kommt er auch", erklärte Lilly. „Er wollte deine Mutter damals heiraten. Wenn der Mord nicht dazwischen gekommen wäre, wäre er heute dein Stiefpapa."

Später, im Polizeipräsidium:

Karina Weber öffnete die Ermittlungsakte „Gloria von Stetten" und sah sich die Fotos vom Tatort noch einmal an.

Es waren keine schönen Bilder. Gloria von Stetten, eine für ihr Alter immer noch sehr attraktive Frau, lag in einer großen Blutlache auf dem Marmorboden vor dem Kamin. Es war Muttertag vor 6 Jahren gewesen, als die Mordkommission am Abend zum Tatort in die weiße Villa am See gerufen worden war.

Gloria von Stetten, Chirurgin und Besitzerin der Schönheitsklinik am See, war gegen 19:00 Uhr ermordet von ihrer Tochter Elisabeth aufgefunden worden. Der Todeszeitpunkt lag laut Obduktionsbericht zwischen 18:30 Uhr und 19:00 Uhr. Elisabeth hatte damals ausgesagt, dass sie ihre Schwester Maja im Prinzip auf frischer Tat ertappt hätte. Maja war, als die Polizei eintraf, flüchtig. Die sofort veranlasste Fahndung war bereits nach kurzer Zeit erfolgreich. Maja von Stetten hatte sich ganz in der Nähe der Villa in einer kleinen Waldhütte versteckt. Der Hinweis auf die Waldhütte war von Friedrich, dem Bruder von Maja, gekommen.

Die Tatwaffe, eine Walter PP, Kaliber 7,65, war zunächst verschwunden. Ein Großaufgebot der Polizei durchsuchte noch in der Tatnacht das Grundstück der Villa und das zur Waldhütte gehörende und an das Grundstück der Villa angrenzende Waldgebiet. Dort im Wald wurden die Beamten tatsächlich fündig. Die Waffe war, in Papier eingewickelt, in einem Erdloch versteckt. Es war die Waffe, die Gloria von Stetten laut Waffenbesitzkarte rechtmäßig in ihrem Haus aufbewahrte. Maja hatte die Tat von Anfang an bestritten und tatsächlich waren auch keinerlei Schmauchspuren an ihren Händen gefunden worden. Dies erklärte der Staatsanwalt aber mit der Tatsache, dass Maja während der Tat Gummihandschuhe getragen habe. Sie hatte selbst ausgesagt, am Nachmittag in der Küche gespült und dabei die Gummihandschuhe getragen zu haben. Diese Gummihandschuhe wurden 2 Tage später in einem Mülleimer auf dem Spazierweg zur Klinik gefunden. Dieser Spazierweg verläuft hinter der Villa. Es waren, wie vom Staatsanwalt erwartet, Schmauchspuren darauf. Und es wurde per DNA-Test nachgewiesen, dass Maja diese Handschuhe getragen hatte. In dem Prozess schließlich waren die Aussage von Elisabeth, die Gummihandschuhe und die Fundstelle der Tatwaffe ausschlaggebend, Maja zu verurteilen.

Karina sah auf die Uhr. Es war Zeit, Milena aus dem Kindergarten abzuholen und den Babysitter für den Abend zu organisieren. Sie nahm ihre Handtasche und die Ermittlungsakte und machte sich auf den Weg.

Pause – falls Sie ein Menü vorbereitet haben, servieren Sie an dieser Stelle den nächsten Gang.

Als Karina Weber am Abend in der Villa ankam, hatten sich in der Sitzgruppe vor dem Kamin bereits Elisabeth und Dr. Ingo Manteuffel, Friedrich von Stetten, die Journalistin und Ärztin Lilly Borgers sowie Alberto Gromoldi versammelt.

Die Stimmung war gedrückt, als Karina eintrat.
„Ich hoffe, Sie nehmen es mir nicht übel, aber ich habe mir erlaubt, 2 weitere Gäste zu diesem Treffen einzuladen", sagte sie nach der Begrüßung und ging hinüber zur Terrassentüre.
Sie öffnete diese und trat zur Seite. Maja von Stetten und ihr Anwalt Donald Lloyd betraten das Zimmer. Es war mucksmäuschen still; man hätte einen Floh hüpfen hören können.

Elisabeth fing sich als erste.

„Dass du dich her traust, ich fasse es nicht", erklärte sie und nahm einen kräftigen Schluck Champagner.

Maja antwortete nicht sofort. Ihr Blick wanderte zum Kamin. Ein Perserteppich bedeckte die Stelle, an der vor 6 Jahren die tote Gloria gelegen hatte.

„Und du?", erwiderte sie dann ruhig. „Du hattest also nichts Eiligeres zu tun, als hier in die Villa zu ziehen und meinen Verlobten zu heiraten."

Elisabeth wollte etwas erwidern, drehte sich dann aber wortlos um und setzte sich neben ihren Mann. Dieser blickte verlegen zu Boden. Karina bat die Anwesenden Platz zu nehmen. Dann eröffnete sie das Gespräch:

„Wie Sie alle wissen, wurde vor ziemlich genau 6 Jahren hier in diesem Raum Frau Gloria von Stetten ermordet aufgefunden. Damals schienen alle Indizien gegen Maja von Stetten zu sprechen. Donald Lloyd hat erhebliche Zweifel an der Schuld von Maja von Stetten, und der zuständige Richter hat eine Wiederaufnahme des Verfahrens bewilligt. Ich muss daher die Ermittlungen von damals ebenfalls wieder aufnehmen. Bitte schildern Sie alle der Reihe nach noch einmal, was sich damals, vor 6 Jahren, zugetragen hat.

Sie richtete ihren Blick auf Maja:
„Maja, ich würde Sie bitten, anzufangen!"

Maja von Stetten
Vorstellungstext, bitte als 1. laut in der Runde vorlesen:

Ich glaube nicht, dass jemand nachvollziehen kann, wie es ist, 5 Jahren unschuldig im Gefängnis zu sitzen. Ich werde den wahren Täter heute zur Strecke bringen, soviel steht fest. Kommen wir also zu dem Muttertag vor 6 Jahren. Wie ihr alle wisst, waren Ingo und ich damals verlobt. An diesem Muttertag wollten wir uns ja alle zum Abendessen in der Villa treffen. Am Nachmittag ging Mutter zur Visite rüber in die Klinik, und ich habe mich in der Küche nützlich gemacht und gespült. Dabei habe ich Gummihandschuhe getragen.

Danach habe ich mich in die Sonne an den Pool gelegt, es war ja ein sehr warmer und sonniger Tag. Ich war allein im Haus, denn Ingo war ebenfalls noch in der Klinik und wollte, wie alle anderen auch, erst zum Abendessen gegen 19:30 Uhr kommen. Später habe ich geduscht und mich frisch gemacht. Am frühen Abend, es war so gegen 19:00 Uhr, suchte ich nach Mutter. Ich ging unter anderem auch ins Kaminzimmer und fand sie dort blutend vor dem Kamin liegend. Ich nahm sie in die Arme, aber sie war offensichtlich tot. In diesem Moment kam Elisabeth herein. Ich habe keine Ahnung, wo sie plötzlich herkam. Sie sah mich an und brüllte sofort hysterisch um Hilfe. Ich stand völlig unter Schock und lief in Panik fort, zu der kleinen Waldhütte, hier ganz in der Nähe. Kurz darauf wurde ich dann auch schon verhaftet. Ich wiederhole heute noch einmal: Ich habe Mutter nicht getötet und ich hoffe, wir können dies jetzt auch endlich beweisen. Ich habe weder geschossen noch die Waffe versteckt. Ich bin unschuldig, dies schwöre ich.

Geheimtext Maja:
Weitere Informationen für dich! Du darfst von all diesem Wissen in der Ermittlungsrunde Gebrauch machen!

Du bist völlig mittellos, da du nach dem Prozess enterbt wurdest. Wer hat Donald Lloyd engagiert und bezahlt ihn? Frag danach, denn du weißt es nicht.

Elisabeth war früher Schauspieler, aber sie hat seit 6 Jahren kein Engagement mehr. Früher spielte sie in einer täglichen Seifenoper, aber man hat sie herausgeschrieben, noch vor dem Mord an deiner Mutter. Sie konnte auch noch nie mit Geld umgehen und war ständig chronisch pleite.

Wieso war Elisabeth damals schon um 19:00 Uhr in der Villa? Alle Gäste sollten um 19:30 Uhr kommen. Frag sie danach.

Du bist sicher, dass du gegen 18:00 Uhr einen Porsche vor der Villa gehört hast. Du kamst gerade aus der Dusche und dachtest, Friedrich oder Alberto seien schon gekommen; sie fuhren damals beide Porsche. Als du später nachgesehen hast, war aber kein Auto vor dem Haus zu sehen.

Um 18:30 Uhr ist auch einmal die Klingel an der Haustüre gegangen. Du hast aber nicht nachgeschaut, weil du dir gerade die Fingernägel lackiert hast. Ob dies der Mörder war und deine Mutter hat ihn selbst hineinlassen?

Einen Schuss hast du nicht gehört, aber dies liegt vermutlich daran, dass du nach dem Lackieren der Fingernägel Kopfhörer aufgesetzt hast, um Musik zu hören. Deine Mutter hasste laute Musik, daher hast du immer diesen Weg gewählt, um sie nicht zu stören.

Es gab in eurem Haushalt nur ein paar Gummihandschuhe. Das weißt du ganz sicher.

Wer hatte einen Grund, deine Mutter zu ermorden?

Sie stand kurz vor der Hochzeit mit Alberto Gromoldi. Wollte dies jemand verhindern?

Außerdem wollte sie sich zur Ruhe setzen. Du weißt, dass sie Lilly Borgers die Leitung der Klinik angetragen hatte. Trotzdem wurde Ingo dann nach dem Tod von Gloria Chefarzt und Leiter der Klinik. Friedrich und Elisabeth haben ihn mit diesem Posten versorgt. Liegt hier ein Motiv?

Warum hat Ingo das Klinikprogramm umgestellt und nimmt nur noch Schönheits-OPs vor? Frag ihn, ob dies einen Grund hat.

Später, nach den Ermittlungen, schreibt jeder auf, wen er für den Täter hält, und dann wird der Fall gemeinsam aufgelöst.

Dr. Ingo Manteuffel, Schönheitschirurg
Vorstellungstext, bitte nach Maja laut in der Runde vorlesen:

Ich bin seit 4 Jahren mit Elisabeth verheiratet und leite die Klinik seit dem Tode von Gloria. Gloria hat sich damals viel mit Wiederherstellungschirurgie befasst, d.h. sie behandelte vorwiegend Menschen, die unter Entstellungen aus verschiedensten Gründen litten. Unter meiner Leitung haben wir uns zu einer reinen Schönheitsklinik entwickelt, die international einen guten Ruf hat.
Wie alle wissen, war ich damals mit Maja verlobt. An jenem Tag war ich am frühen Abend noch in der Klinik, um nach einigen frisch operierten Patienten zu sehen. Ich arbeitete ja damals schon als Arzt dort. Als ich zirka gegen 19:10 Uhr durch den Park zurückkam, lief Maja wie von Sinnen an mir vorbei. Ihre Bluse war mit frischem Blut beschmiert und sie nahm mich gar nicht war. Ich wollte sie aufhalten, aber sie war so schnell weg wie der Blitz. Gleich darauf kam mir Elisabeth entgegen und brüllte wie am Spieß. Ich habe dann die Polizei benachrichtigt. Wie schon im Prozess ausgesagt, kann ich nicht beschwören, dass Maja die Waffe in der Hand hatte oder Gummihandschuhe trug, als ich sie sah. Ich weiß es einfach nicht sicher, es ging alles so schnell. Der erste Anwalt, der Maja damals vertreten hat, war ein Dilettant, daher begrüße ich diese Entwicklung jetzt sehr. Es muss wirklich noch einmal gründlich recherchiert werden, was damals wirklich passiert ist.

Geheimtext, Dr. Ingo Manteuffel
Weitere Informationen für dich! Du darfst von all diesem Wissen in der Ermittlungsrunde Gebrauch machen!

Der neue Anwalt, Donald Lloyd, wurde von dir engagiert und wird auch von dir bezahlt. Du hattest die ganzen Jahre Zweifel an ihrer Schuld. Maja ist mittellos, da sie nach dem Prozess enterbt wurde.

Du hast das Klinikprogramm nicht ohne Grund umgestellt. Gloria hatte ab und zu sehr dubiose Patienten. Es waren mehr als einmal kuriose Gestalten da, die Gloria alleine behandelte und an denen sie Gesichtskorrekturen vorgenommen hat. Diese Patienten kamen immer aus dem Ausland. Gloria hat vermutlich ein Vermögen mit „neuen Gesichtern" für Kriminelle gemacht, denn mit den anderen OPs hat sie nicht das Salz in der Suppe verdient. Das waren doch alles Kassenpatienten. Du nimmst an, dass Lilly ihr dabei assistiert hat, denn alleine kann man solche OPs nicht durchführen.

Deine Frau war früher, vor der Tat, Schauspielerin. Sie spielte in der Dailysoap „Fackeln der Leidenschaft", wurde in Folge 987 aber rausgeschrieben. Danach ging es ihr sehr schlecht, auch finanziell. Denn alles, was sie verdient hat, hat sie auch gleich wieder ausgegeben. Das ist, leider, heute noch so und du musst sehr viel Fett absaugen, um euren Lebensstandard zu halten.

Lilly hat die Klinik nach Glorias Tod verlassen und arbeitet inzwischen als medizinische Journalistin. Sie war enttäuscht darüber, dass nicht ihr die Klinikleitung übergeben wurde.

Gloria war sehr krank; sie hätte nicht mehr lange zu leben gehabt. Nur du, Lilly und Alberto wussten dies. Sie wollte

Alberto in Kürze heiraten und sich in Italien noch ein paar gute Monate mit ihm machen. Wollte jemand diese Hochzeit verhindern?

Dein Schwager Friedrich war dir immer schon suspekt. Er besitzt mehrere Nachtclubs und ist ein windiger Typ. Allerdings brauchte er das Geld seiner Mutter sicher nicht. Er verdient mit den Clubs sehr gut und das war damals auch schon so. Er fährt übrigens, genau wie Alberto, Porsche. Hat Maja nicht damals ausgesagt, sie hätte am Abend einen Porsche vor der Türe gehört? Frag sie noch einmal genau danach.

Später, nach den Ermittlungen schreibt jeder auf, wen er für den Täter hält, und dann wird der Fall gemeinsam aufgelöst.

Elisabeth Manteuffel
Vorstellungstext, bitte nach Ingo laut in der Runde vorlesen:

Ich kam an diesem Abend über die Wohnzimmerterrasse ins Haus, bei gutem Wetter stand diese ja immer offen, das wusste jeder. Ich rief nach Mutter und Maja, aber niemand antwortete. Schließlich ging ich ins Kaminzimmer. Was ich dort sah, werde ich nie wieder aus meinem Gedächtnis löschen können. Mutter lag tot auf dem Boden und Maja beugte sie sich über sie. Maja war Blut verschmiert und lief sofort über die Terrasse hinaus, als sie mich sah. Warum flüchtete sie, wenn sie es nicht gewesen ist? Sie wusste genau, wo Mutter die Waffe aufbewahrte, denn sie wohnte damals ja als einzige von uns noch zu Hause. Die Waffe wurde dann ja auch in der Nähe der Hütte gefunden, in der Maja sich versteckt hatte. Ich bin sicher, sie hatte die Waffe auch in der Hand, als sie hinauslief, auch, wenn sie das immer bestritten hat.

Das Motiv liegt doch auf der Hand: Mutter wollte Lilly als ihre Nachfolgerin in der Klinik einsetzen, das passte Maja nicht. Sie war ja damals mit Ingo verlobt und wollte ihn als Leiter der Klinik sehen. Vermutlich haben sie sich deshalb gestritten und dann ist Maja eben durchgeknallt. Sie war ja immer schon sehr impulsiv.

Mein Mann und ich haben jeden Kontakt zu Maja abgebrochen. Ich denke, dafür hat jeder Verständnis. Dass Ingo dann Leiter der Klinik wurde, ist wohl selbstverständlich und hat nichts damit zu tun, dass wir geheiratet haben. Lilly war unserer Meinung nach nicht geeignet. Mittlerweile arbeitet sie ja noch nicht einmal mehr als Ärztin, soweit mir bekannt ist.

Geheimtext Elisabeth Manteuffel
*Weitere Informationen für dich! Du darfst von all diesem
Wissen in der Ermittlungsrunde Gebrauch machen!*

Du bist Schauspielerin und hast damals in 987 Folgen von
„Fackeln der Leidenschaft" mitgespielt. Dann haben sie dich
rausgeschrieben aus der Serie, und du warst ohne Engagement. Leider hattest du auch keine Rücklagen, denn du gibst
alles, was du an Geld hast, immer gleich wieder aus.

Du bist an dem Abend vor 6 Jahren früher in die Villa gekommen, weil du deine Mutter um Geld oder um eine Bürg-
schaft bitten wolltest. Du brauchtest dringend 200.000 Euro
für eine Wohnung, die du dir vor Jahren gekauft hattest. Die
Bank wollte ihr Geld zurück, weil du mit den Raten in Verzug
warst. Du warst also ziemlich pleite, und deine Mutter sollte
zumindest für diese 200.000 Euro bürgen. Zu diesem Gespräch kam es dann ja nicht mehr. Und nach ihrem Tod warst
du durch das Erbe alle finanziellen Sorgen los. Maja wurde
enterbt.

Maja hat am Tatabend, als du sie über der Leiche deiner
Mutter gesehen hast, nicht die Gummihandschuhe getragen.
Diese rosafarbenen Dinger wären dir aufgefallen. Das hast du
bei der Polizei und vor Gericht auch so ausgesagt.

Du warst damals schon länger in Ingo verliebt, und als Maja
dann ins Gefängnis ging, hat er sich sehr nett um dich gekümmert. Schließlich habt ihr geheiratet. Er musste dir aber
hoch und heilig versprechen, jeden Kontakt zu Maja abzubre-
chen.

Tage vor der Tat hattest du noch Streit mit deiner Mutter,
weil sie Albert heiraten wollte. Du warst dagegen, es flogen

am Telefon kurz die Fetzen.

Du hast Lilly und Alberto Gromoldi kürzlich zusammen in der Stadt gesehen. Die beiden sind offensichtlich ein Paar. Waren sie dies wohlmöglich damals auch schon?

Später, nach den Ermittlungen schreibt jeder auf, wen er für den Täter hält, und dann wird der Fall gemeinsam aufgelöst.

Friedrich von Stetten
Vorstellungstext, bitte nach Elisabeth laut in der Runde vorlesen:

Als ich damals so gegen 19:30 Uhr zum Abendessen in die Villa kam, war die Polizei schon da und durchsuchte das Haus und das Grundstück. 2 Tage lang hat man mit bestimmt 10 Beamten das Haus und das Grundstück auf den Kopf gestellt und nach Beweisen gesucht. Davor war ich an diesem Muttertag zu Hause in meiner Wohnung. Ein Alibi habe ich daher nicht, denn ich wohne ja alleine. Die Waldhütte war schon in Kindertagen Majas Lieblingsplatz. Ich dachte mir gleich, dass sie sich dort versteckt hat und habe der Polizei auch diesen Tipp gegeben. Nach der Verurteilung habe ich den Antrag gestellt, dass Maja enterbt wird. Dies ist doch logisch. Man kann doch nicht sein Opfer beerben. Seit Ingo die Klinik leitet, kommt gutes Geld rein. Die Kasse klingelt ordentlich. Und wir sind an jedem zu liftendem Kinn beteiligt oder jedem Bauch, der gestrafft wird.

Zu Zeiten von Mutter lief die Klinik nicht halb so gut, diesen Erfolg haben wir also Ingo zu verdanken. Mutters Vermögen stammte zum größten Teil noch von unserem leider früh verstorbenen Vater. Lilly Borgers war damals etwas enttäuscht, weil sie gerne die Klinik leiten wollte, aber das kam für Elisabeth nicht in Frage. Mir war es ehrlich gesagt egal. Ich selbst bin Besitzer von 3 Nachtclubs. Diese besaß ich schon damals, es hat sich nichts geändert. Es sind saubere Clubs mit sauberem Geld. Finanzielle Probleme hatte ich noch nie, ganz im Gegensatz zu meiner Schwester. Mutter hat mir vor ihrem Tod übrigens gesagt, dass sie Alberto Gromoldi, diesen Pizzabäcker aus Neapel, heiraten wollte. Das hätte sie von mir aus gerne tun können.

Geheimtext Friedrich von Stetten:
*Weitere Informationen für dich! Du darfst von all diesem
Wissen in der Ermittlungsrunde Gebrauch machen!*

Du warst an diesem Muttertag am frühen Abend schon einmal in der Villa, dies war so zirka gegen 18:00 Uhr. In deiner Begleitung war ein „Bekannter" aus dem Milieu. Deine Mutter wollte diesen am Montag nach Muttertag operieren. Er brauchte ein neues Gesicht, denn er wurde von der Polizei gesucht. Solche Operationen führte deine Mutter ab und zu gemeinsam mit Lilly Borgers durch. Die beiden verdienten sehr viel schwarzes Geld damit. Deine Mutter hat sich den Mann kurz angesehen, und ihr habt die OP besprochen. Dann bist du noch einmal weggefahren, um den Bekannten wieder ins Hotel zu bringen. Das war gegen 18:30 Uhr. Als du wiederkamst, war deine Mutter schon tot.

Elisabeth hatte damals große finanzielle Probleme. Sie war Schauspielerin und ohne Job, weil sie nach über 900 Folgen aus einer Serie im TV geflogen war. Du weißt, dass sie auch deine Mutter mehrfach um Geld gebeten hat.

Sie war auch völlig außer sich, als sie hörte, dass Gloria diesen Alberto heiraten wollte und hatte deshalb auch einen riesigen Streit mit eurer Mutter.

Du warst bezüglich der geplanten Hochzeit deiner Mutter ganz gelassen, denn du hattest Erkundigungen eingezogen. Alberto war damals noch verheiratet. Er hätte deine Mutter gar nicht heiraten können, jedenfalls nicht in absehbarer Zeit. Ob deine Mutter wusste, dass Alberto nicht frei ist, weißt du allerdings nicht.

Du bist damals, nach dem ersten Besuch bei deiner Mutter, auf dem Rückweg ins Hotel deines „Bekannten" geblitzt worden, denn kurz darauf kam ein Knöllchen.

Später, nach den Ermittlungen schreibt jeder auf, wen er für den Täter hält, und dann wird der Fall gemeinsam aufgelöst.

Dr. Lilly Borgers
Vorstellungstext, bitte nach Friedrich laut in der Runde vorlesen:

Da Gloria von Stetten und ich sehr gut miteinander gearbeitet haben, hat sie mich damals an diesem Muttertag zum Abendessen in die Villa eingeladen. In der Klinik hatte ich meinen freien Tag. Ich habe meine Eltern auf dem Land besucht und kam daher erst gegen 20:00 Uhr in die Villa. Da war schon alles passiert. Ich habe nur noch einmal kurz die Küche betreten. Der übrige Wohnbereich war abgesperrt. Später, nachdem mich die Polizei kurz vernommen hat, bin ich dann über den Gartenweg rüber in die Klinik gegangen und habe mich um die Patienten gekümmert, denn Ingo musste sich um Maja kümmern, und Gloria war ja nun tot.

Mehr kann ich eigentlich nicht dazu sagen.

Ich habe mich allerdings damals schon gewundert, warum die Polizei so einseitig ermittelt hat. Für sie stand Maja als Täterin fest, der Fall wurde sehr schnell zur Anklage gebracht. Ich hatte immer meinen Zweifel an Majas Schuld und habe sie mehrfach im Gefängnis besucht. Ich glaube, ich war die einzige, die dies getan hat. Gloria hatte mir kurz vor ihrem Tod die Leitung der Klinik angeboten, sie wollte nach Italien gehen und Alberto Gromoldi heiraten. Ich hätte ihr dieses Glück wirklich gegönnt. Alberto ist ein sehr netter und überaus charmanter Mann.

Geheimtext Lilly Borgers

Weitere Informationen für dich! Du darfst von all diesem Wissen in der Ermittlungsrunde Gebrauch machen!

Du bist seit 1 Jahr mit Alberto zusammen. Er besitzt eine Pizza-Kette in Italien und Deutschland und ist sehr wohlhabend. Du hast ihn zufällig vor 1 Jahr wieder getroffen und ihr habt euch verliebt. Nun wollt ihr bald heiraten.

Gloria war damals schwer krank; sie hatte nicht mehr lange zu leben. Sie wollte, dass du die Klinik als Chefärztin übernimmst.

Ihr habt ein Geheimnis geteilt: Ab und zu habt ihr Kriminellen zu neuen Gesichtern verholfen. Gloria hat operiert und du hast assistiert. Am Montag nach diesem Muttertag hätte erneut eine solche OP angestanden. Ihr habt sehr viel Geld damit verdient.

Diese Patienten wurden immer von Friedrich an euch vermittelt; er hat in seinen Nachtclubs entsprechende Kontakte. Werden diese OPs heute auch noch durchgeführt? Damals wusste Ingo allerdings nichts davon.

Wichtig: Du hast Gummihandschuhe am Tatabend im Waschbecken der Küche liegen sehen, das weißt du ganz genau! Du musstest ja eine Weile in der Küche auf die Vernehmung warten, und da lagen Gummihandschuhe. Das solltest du gleich noch einmal sagen.

Für Alberto wird es die zweite Ehe sein, wenn ihr nun bald heiratet. Er war schon einmal verheiratet und hat eine kleine Tochter. Diese hast du allerdings noch nicht kennen gelernt.

Er hat dir erzählt, dass sie in Italien bei ihrer Mutter lebt und dass er keinerlei Kontakt zu seiner Tochter oder auch Ex-Frau hat.

Du arbeitest heute nicht mehr als Ärztin, sondern als Journalistin für ein Ärztemagazin.

Während deines Studiums hattest du schon einmal Ärger mit der Polizei. Damals hast du ebenfalls in einer Klinik an illegalen Gesichts-OPs assistiert. Die Sache flog auf, aber dir konnte man nichts nachweisen.

Später, nach den Ermittlungen schreibt jeder auf, wen er für den Täter hält, und dann wird der Fall gemeinsam aufgelöst.

Alberto Gromoldi, Geschäftsmann

Vorstellungstext, bitte nach Lilly Borgers laut in der Runde vorlesen:

Als Lilly Borgers mich heute über dieses Treffen informierte, habe ich überlegt, ob ich kommen soll. Die Erinnerung ist doch sehr schmerzhaft. Ich war damals mit Gloria zusammen, wir wollten schon bald heiraten. An diesem Abend kam ich gegen 19:45 Uhr in die Villa. Ich hatte mich verspätet, weil ich noch die Abrechnungen in einer meiner Pizzerien machen musste. Ich besitze im gesamten Bundesgebiet und in der Toskana 34 italienische Gaststätten. Es war einfach nur furchtbar. Gloria war tot - und die kleine Maja bald darauf verhaftet. Was soll ich sagen! Eine Tragödie.

Ich persönlich glaube, es war ein Patient. Vielleicht einer, der unzufrieden war mit einer Operation. Er kann gekommen sein über die Terrassentüre aus der Klinik und wumm, hat er geschossen auf mein deutsches Fräulein Wunder. Ich habe Gloria immer gesagt, sie soll die Türe nicht immer auflassen, aber sie war unvernünftig, ja leichtsinnig.

Nun ja, heute bin ich wieder ein glücklicher Mann und werde bald heiraten. Sie können mir gratulieren. Ich habe noch einmal das große Glück gefunden.

Geheimtext Alberto:
Weitere Informationen für dich! Du darfst von all diesem Wissen in der Ermittlungsrunde Gebrauch machen!

Du bist seit 1 Jahr mit Lilly Borgers liiert, ihr wollt bald heiraten. Du hast Gloria damals die Hochzeit versprochen, obwohl du noch verheiratet warst. Gloria war sehr krank und hatte nicht mehr lange zu leben. Ihr größter Wunsch war es, dich zu heiraten. Also musstest du deine damalige Ehefrau um die rasche Scheidung bitten. Getrennt hattet ihr euch schon 2

Monate vorher. Gloria wusste nicht, dass du noch verheiratet bist.

Deine Ehefrau damals war die Kommissarin, Karina Weber. Karina wollte der Scheidung aber leider nicht zustimmen. Später hast du dann den Grund dafür erfahren: Sie erwartete ein Kind von dir. Die kleine Milena ist inzwischen 5 ½ Jahre alt. Du hast keinen Kontakt zu deiner Tochter.

Lilly weiß, dass du eine Tochter hast, aber sie weiß nicht, dass es auch die Tochter der Kommissarin ist. Du hast Lilly gesagt, deine Tochter lebe in Italien bei ihrer Mutter.

Normalerweise hätte Karina den Fall damals als befangen ablehnen müssen. Da die Sachlage aber so klar schien, habt ihr Stillschweigen vereinbart. Da Karina auch nie deinen Namen getragen hat, sondern auch während eurer Ehe Weber hieß, ist es damals niemandem aufgefallen.

Du hast damals nicht die Abrechnung gemacht in einer Pizzeria. Du hattest einfach keine Lust auf dieses Abendessen und bist deshalb später gekommen. Dein Alibi war daher falsch. Karina hat dies damals vermutlich gar nicht überprüft, weil für sie klar war, dass du nicht der Täter sein kannst. Du hast schließlich überhaupt kein Motiv für diese Tat.

Ingo hat vom Tode Glorias profitiert. Er wurde Leiter der Klinik. Diesen Posten wollte Gloria an Lilly vergeben. Sie war Glorias erste Wahl. Wer sagt, dass Ingo wirklich die ganze Zeit bei der Visite in der Klinik war? Er kann durchaus unbemerkt den Gartenweg genommen haben und auf dem Rückweg die Waffe und die Gummihandschuhe deponiert haben. Möglich wäre es sicher.

Du weißt, dass Gloria irgendwelche Geschäfte mit Friedrich gemacht hat. Dies war sicher nichts Legales, denn sie haben diese Dinge immer hinter geschlossenen Türen besprochen. Um was ging es dabei? Auch Lilly schien involviert, denn sie war ab und zu bei diesen Gesprächen anwesend. Sie hat dir bis heute nicht gesagt, um was dabei ging.

Später, nach den Ermittlungen schreibt jeder auf, wen er für den Täter hält, und dann wird der Fall gemeinsam aufgelöst.

Karina Weber, Kommissarin
Vorstellungstext, bitte nach Alberto laut in der Runde vorlesen:

Vielen Dank für Ihre Ausführungen. Ich möchte noch einmal auf die Fakten hinweisen: Gloria von Stetten wurde zwischen 18:30 und 19:00 Uhr mit ihrer eigenen Waffe erschossen.
Sie starb an einem fast aufgesetzten Bauchschuss, d.h., der Täter muss ihr sehr nahe gekommen sein. Diese Waffe wurde dann kurze Zeit später im Wald, in der Nähe der Hütte, in der wir Maja von Stetten verhaftet haben, gefunden. Die Gummihandschuhe, die die Täterin getragen hat, lagen in einem Mülleimer auf dem Weg zur Klinik. Beide Beweisstücke wurden also auf dem Weg zur Waldhütte entsorgt.
Das Motiv war ebenfalls klar: Gloria von Stetten wollte den Verlobten von Maja von Stetten, Herr Dr. Ingo Manteuffel, in der Kliniknachfolge übergehen. Dies hätte wirtschaftliche Konsequenzen für das junge Paar gehabt. Außerdem gab es eine Fast-Augenzeugin, nämlich Elisabeth Manteuffel. Ich habe heute Abend nichts erfahren, was mich umdenken lassen würde und bin gespannt, was Herr Lloyd uns nun zu erzählen hat.

Geheimtext Karina Weber:
Weitere Informationen für dich! Du darfst von all diesem Wissen in der Ermittlungsrunde Gebrauch machen!

Liebe Karina, es kommt sicher überraschend, aber du bist heute unsere Täterin.

Du bist die Exfrau von Alberto Gromoldi, hast aber nie seinen Namen getragen.

Ihr habt zunächst ein paar Jahre zusammen in Italien gelebt, seid dann aber wieder nach Deutschland gezogen, weil du hier in deinem Beruf arbeiten konntest. Irgendwann hat Alberto dich verlassen und 2 Monate später, kurz vor dem besagten Muttertag, überraschend um die Scheidung gebeten. Er sagte dir, er wolle eine andere Frau heiraten und zwar so rasch wie möglich.

Du hattest inzwischen festgestellt, dass du ein Kind von Alberto erwartetest und wolltest keinesfalls die Scheidung. Es war leicht für dich, herauszufinden, wer diese andere Frau war, nämlich Gloria von Stetten.

Du hast sie am Abend des Muttertags aufgesucht und ihr erzählt, dass du Albertos Ehefrau und zudem schwanger bist. Sie glaubte dir kein Wort und hat völlig hysterisch reagiert. Dann hat sie plötzlich die Waffe aus einer Schublade gezogen und dich bedroht. Du hast versucht, ihr die Waffe zu entreißen, dabei löste sich ein Schuss.

Gloria ging tot zu Boden. Du konntest die Villa unbemerkt verlassen. Wie praktisch, dass Elisabeth dir dann Maja als Täterin auf dem Silbertablett servierte.

Gloria von Stetten war schwer krank; dies hat damals die Obduktion ergeben. Sie hätte nur noch kurze Zeit zu leben gehabt. War dies allgemein bekannt?

Es war leicht, die Waffe nach Majas Verhaftung im Wald zu verstecken, denn du bist ja im Waldgebiet als Polizistin gar nicht aufgefallen. Du hast die Waffe in Papier eingewickelt und versteckt. Als dir die Bedeutung der Gummihandschuhe nach den ersten Vernehmungen klar wurde, hast du diese aus der Küche in der Villa entwendet, Schmauchspuren durch einen Schuss aufgebracht und in den Mülleimer auf dem Klinikweg deponiert. Dass sie dann 2 Tage später ebenfalls gefunden wurden, war auch dein Werk. Du hast die Polizei anonym aufgefordert, dort noch einmal nachzusehen, denn die Spurensicherung war ja eigentlich mit der Arbeit fertig.

Sollte Alberto ausplaudern, dass ihr verheiratet ward, sagst du einfach, du hättest dies verschwiegen, weil der Fall eben sonnenklar war. Räume ein, dass dies ein Fehler war und versuche, den Verdacht auf andere Personen und vor allem auch immer wieder auf Maja zu lenken. Diese ist schließlich noch durch nichts wirklich entlastet worden.

Sie hatte ein Motiv, und sie hatte die Gelegenheit. Außerdem ist sie geflohen!

Lilly Borgers stand in jungen Jahren unter Verdacht, während des Studiums an illegalen Gesichtskorrekturen beteiligt gewesen zu sein. Hat sie auch in der Klinik am See solche OPs vorgenommen?

Lege auf keinen Fall ein Geständnis ab!
Später, nach den Ermittlungen schreibt jeder auf, wen er für den Täter hält, und dann wird der Fall gemeinsam aufgelöst.

Donald Lloyd, Anwalt
Vorstellungstext, bitte nach Karina laut in der Runde vorlesen.

Meine Damen, meine Herren. Ich wurde vor einigen Wochen von einem der Anwesenden hier gebeten, diesen Fall noch einmal zu untersuchen und zu prüfen. Es war erschreckend festzustellen, wie einseitig damals ermittelt wurde und wie bei der Untersuchung geschlampt wurde.

Hier einige Fakten:
Es wurden keine Schmauchspuren an den Händen meiner Mandantin gefunden; wie übrigens bei niemanden der Anwesenden. Es wurden damals ja alle Hände auf solche Spuren hin untersucht.

Die Gummihandschuhe mit den Schmauchspuren wurden erst 2 Tage nach der Tat gefunden. Der Hinweis auf die Fundstelle kam anonym. Es sieht für mich so aus, als sei dieses Beweismittel nachträglich dort deponiert worden, als Maja schon in Haft saß.

Meine Mandantin hat ausgesagt, dass sie gegen 18:00 Uhr einen Porsche vor dem Haus gehört hat. Porsche fuhren damals Friedrich von Stetten und Alberto Gromoldi. Dies wurde nicht weiter verfolgt.

Maja von Stetten sagte weiter aus, um 18:30 Uhr habe es an der Haustüre geklingelt; auch diesem Punkt wurde keine Bedeutung zugemessen. Man behauptete seitens der Staatsanwaltschaft schlicht, sie habe dies frei erfunden. Aus diesen vorgetragenen Versäumnissen hat ein vernünftiger Richter den Schluss gezogen, dass die Ermittlungen im Fall Gloria von

Stetten wieder aufgenommen werden müssen.
Ich denke, wir werden hier heute die Wahrheit herausfinden.

Geheimtext Donald Lloyd
*Weitere Informationen für dich! Du darfst von all diesem
Wissen in der Ermittlungsrunde Gebrauch machen!*

Die Kommissarin wird dir vermutlich keine große Hilfe sein,
den Fall zu lösen. Sie hält an ihren damaligen Ermittlungser-
gebnissen fest, davon kannst du jedenfalls ausgehen. Du
wirst also alleine versuchen müssen, diesen Fall zu lösen.

Du wurdest von Dr. Ingo Manteuffel beauftragt, den Fall neu
zu beleuchten. Er bezahlt dich auch, denn Maja ist mittellos.

Aus den Akten weißt du:

Elisabeth Manteuffel hat damals ausgesagt, dass Maja keine
Gummihandschuhe trug, als sie sie im Kaminzimmer über-
raschte. Die Argumentation des Staatsanwaltes, Elisabeth
habe dies in der Aufregung sicher übersehen, ist für dich
nicht nachvollziehbar.

Warum wurden die Gummihandschuhe mit den Schmauchspuren erst 2 Tage nach der Tat von der Spurensicherung im
Mülleimer gefunden?

Lilly hat erklärt, sie habe damals ein Paar Gummihandschuhe
in der Küche liegen sehen, und zwar nach der Tat.

Es wurde aber kein zweites Paar Gummihandschuhe im
Haushalt gefunden. Was bedeutet dies für diesen Fall?

Das Alibi von Alberto Gromoldi damals ist geplatzt. Die von ihm angegebene Gaststätte, in der er zum Tatzeitpunkt angeblich eine Abrechnung erstellte, hat dies damals nicht bestätigt.

Da Gromoldi in Ermangelung eines Motivs nie ernsthaft verdächtigt wurde, hat man diesem Punkt keine weitere Bedeutung zugemessen. Trotzdem: Konfrontiere die Anwesenden damit. Warum wurde dem damals nicht nachgegangen?

Der Schuss wurde fast aufgesetzt, der Einschusswinkel lässt auf ein Gerangel zwischen Opfer und Täter schließen. Vielleicht war das Ganze ein bedauerlicher Unfall?

Friedrich wurde damals mit seinem Porsche gegen 18:29 Uhr geblitzt und zwar auf einer Ausfallstraße, ganz in der Nähe der Klinik. Er fuhr in Richtung Innenstadt, also weg von der Villa. Auf seinem Beifahrersitz saß eine männliche Person, leider konnte nicht festgestellt werden, wer dieser Mann war.

War Friedrich also schon einmal in der Villa an diesem Abend? Und wenn ja, von wem wurde er begleitet?
Konfrontiere Friedrich damit.

Die Kommissarin hat früher in Italien gelebt, dies hast du zufällig erfahren. Frag sie, was sie dort gemacht hat.

Lilly Borgers und Alberto Gromoldi sind ein Liebespaar. Waren sie dies damals schon? Frag sie danach.

Später, nach den Ermittlungen schreibt jeder auf, wen er für den Täter hält, und dann wird der Fall gemeinsam aufgelöst.

Susi Müller
Vorstellungstext, bitte nach Donald laut in der Runde vorlesen:

Mein Name ist Susi Müller und ich arbeite seit gut 8 Jahren in der Klinik am See als OP-und Stationsschwester.

Gloria von Stetten war eine tolle Chefin, allerdings hatten wir damals nicht so exklusive Gäste, bzw. Patienten.

Ich glaube nicht, dass Maja von Stetten ihre Mutter erschossen hat. Das habe ich damals nicht geglaubt - und das glaube ich auch heute nicht.

Da ich aber nicht zur Familie gehöre, kann ich gar nichts dazu sagen.

Geheimtext Schwester Suse:
Weitere Informationen für dich! Du darfst von all diesem Wissen in der Ermittlungsrunde Gebrauch machen!

Die Ehe der Manteuffels ist im Eimer, soviel steht fest. Du weißt aus früheren Jahren, dass Elisabeth immer eifersüchtig auf Maja war, weil sie mit Ingo so einen tollen Mann hatte. (den Dr. Ingo)

Als Maja dann verhaftet wurde, hatte Elisabeth alle Chancen auf ihrer Seite, und sie hat sie genutzt.

Gloria und Lilly haben ab und zu Operationen vorgenommen, die nicht in den Abrechnungen auftauchten. Du hast Gloria einmal danach gefragt; dies hatte fast deine Kündigung zur Folge. Also hast du danach immer geschwiegen. Bei Ingo ist das anders, hier ist alles korrekt. Daher arbeitest du sehr gerne mit ihm.

Liebe Susi, du hast heute Abend eine kleine Nebenrolle und kannst daher genau zuhören und aufpassen, was die einzelnen Personen aussagen, weil du nicht so mit eigenem Text belastet bist. Das ist ein echter Ermittlungsvorteil. Also versuche, wie die anderen, den Täter oder die Täterin zu überführen. Viel Erfolg.

Später, nach den Ermittlungen schreibt jeder auf, wen er für den Täter hält, und dann wird der Fall gemeinsam aufgelöst.

Horst Stephan, der Gärtner der Familie
Vorstellungstext, bitte nach Susi laut in der Runde vorlesen:

Also, ich bin der Horst Stephan. Sie können aber alle Horst zu mir sagen. Bin ich so gewöhnt. Ich pflege hier das gesamte Areal, auch den Garten der Klinik. Je nachdem, wie das heute Abend hier ausgeht, suche ich eine neue Anstellung. Ich kann fast alles und könnte auch als Hausmeister arbeiten. Falls also jemand von Ihnen Bedarf hat, kann er sich vertrauensvoll an mich wenden.

Der Mörder ist zwar immer der Gärtner, aber in diesem Fall, das kann ich versichern, müssen Sie den Täter schon woanders suchen.

Geheimtext Horst Stephan:
Weitere Informationen für dich! Du darfst von all diesem Wissen in der Ermittlungsrunde Gebrauch machen!

Lieber Horst, du hast heute Abend eine kleine Nebenrolle und kannst daher genau zuhören und aufpassen, was die einzelnen Personen aussagen, weil du nicht so mit eigenem Text belastet bist. Das ist ein echter Ermittlungsvorteil. Also versuche, wie die anderen, den Täter oder die Täterin zu überführen. Viel Erfolg.

Später, nach den Ermittlungen schreibt jeder auf, wen er für den Täter hält, und dann wird der Fall gemeinsam aufgelöst.

Auflösung

Maja wurde damals aus folgenden Gründen verurteilt:
Es gab eine Augenzeugin: Elisabeth.

Die Tatwaffe wurde noch in der Tatnacht nahe der Hütte im Wald gefunden, in der man Maja verhaftet hat.

Die Gummihandschuhe mit den DNA-Spuren von Maja und den Schmauchspuren wurden in einem Mülleimer gefunden. Der Mülleimer steht auf dem Weg, der auch in den Wald führt. Maja ist hier vorbei gelaufen, als sie in den Wald flüchtete.

Diese 3 Punkte waren entscheidend für die Verurteilung, obwohl das Motiv doch sehr schwach war.

Wenn wir nun annehmen, dass Maja die Tat nicht begangen hat, müssen wir uns mit diesen 3 Punkten auseinander setzen.

Elisabeth hatte tatsächlich den Eindruck, dass Maja ihre Mutter erschossen hat.

Die Waffe wurde, in Papier eingewickelt, im Wald, nahe der Hütte gefunden und zwar noch in der Tatnacht. Wir müssen uns fragen: Woher hätte Maja in der Eile das Papier nehmen sollen? Hätte sie die Waffe in Panik nicht einfach im Wald weggeworfen? Wir müssen uns fragen: Wer hatte kurz nach der Tat Gelegenheit, die Waffe, in Papier eingewickelt, im Wald zu verstecken?

Lilly hat aussagt, sie hat rosafarbene Gummihandschuhe nach der Tat im Küchenwaschbecken liegen sehen. Sicher waren dies die Handschuhe, die Maja am Nachmittag zum Spülen getragen hat. Diese Handschuhe waren später verschwunden. 2 Tage nach der Tat tauchten solche Handschuhe, mit Schmauchspuren und Majas DNA dann in einem Mülleimer auf dem gesagten Weg auf.

Wir müssen uns fragen:
Wer hatte die Gelegenheit, die Handschuhe nach der Tat aus der Küche zu entfernen? Wer hatte Gelegenheit, Schmauchspuren aufzubringen und die Handschuhe später im Mülleimer zu deponieren? Die Spurensicherung hatte zunächst erfolglos das gesamte Areal durchsucht und ist, nach einem anonymen Hinweis auf den Mülleimer, noch einmal dorthin zurück.

Wer kann eine Waffe im Wald verstecken, obwohl es dort vor Polizei nur so wimmelt?

Wer kann von einem Tatort Gummihandschuhe entwenden und, entsprechend manipuliert, wieder auftauchen lassen? Wer kann also Beweisstücke derart manipulieren?

Antwort:
Dies kann nur jemand, der ganz offiziell mit dem Fall betraut ist, der sich im Wald aufhalten konnte, ohne dass er auffällt, der sich im Haus umschauen konnte, ohne, dass es auffällt. Dies alles konnte nur Karina Weber, die Kommissarin.

Tatmotiv und Ablauf:
Karina Weber ist die Exfrau von Alberto Gromoldi. Zur Tatzeit war das Paar zwar schon seit kurzer Zeit getrennt, aber noch verheiratet. Alberto wollte eine schnelle Scheidung, um Glo-

ria zu heiraten. Karina erwartete allerdings ein Kind von ihm, die kleine Milena, und lehnte die Scheidung ab. Sie fand heraus, wer die neue Frau an Albertos Seite war und suchte sie am Abend des Muttertags auf. Sie erzählte ihr, dass sie Albertos Ehefrau und zudem schwanger sei. Gloria glaubte kein Wort davon. Sie reagierte völlig hysterisch und zog plötzlich eine Waffe aus einer Schublade. Sie bedrohte die Kommissarin. Diese versuchte, ihr die Waffe zu entreißen, dabei löste sich ein Schuss.

Gloria ging tot zu Boden. Die Kommissarin konnte die Villa unbemerkt verlassen. Wie praktisch, dass Elisabeth ihr dann Maja als Täterin auf dem Silbertablett servierte.

Mann über Bord

Es spielen mit:

Katharina Hogenfeld, geb. Sonnenschein
Gordon Sonnenschein
Sina Sonnenschein, Ehefrau von Gordon
Werner Summer, Buchhalter der Firma Sonnenschein
Chantal Schmidt, Empfangsdame
Bruno Siebenstich, Chauffeur
Valerie Winter, Sekretärin

Wenn Sie mit 8 Personen spielen:

Günter Grabowski, Gewerkschafter

weitere Gastrollen

Ole Ohlson, Kapitän
Ruth Hallervorden, Servicekraft

Lokalzeitung, Wirtschaftsteil, 07.02.2010

In diesem Jahr feiert die Firma Sonnenschein Maschinenbau das 100-jährige Bestehen.

Gegründet wurde das Unternehmen am 1. Mai 1910 von Edgar Sonnenschein, der sich mit der Herstellung von Werkzeugmaschinen rasch einen Namen machte.
In zweiter Generation wurde die Firma unter der Leitung von Gustav Sonnenschein, dem Sohn des Gründers, zu einem international angesehenen Unternehmen.

Nach dem Tode von Gustav Sonnenschein vor 6 Jahren übernahm sein Schwiegersohn, Dr. Kurt-Walter Hogenfeld, die Führung des Traditionsunternehmens.

Oberbürgermeister Jürgen Kleinschmidt überbrachte persönlich Glückwünsche und würdigte in einem Gespräch mit unserer Zeitung die unternehmerischen und gesellschaftlichen Leistungen der Familien Sonnenschein und Hogenfeld. Die Jubiläumsfeier für die Belegschaft findet am kommenden Freitag an Bord der MS Westfalia statt.

Ein Wort zu den Spielregeln:

Alle Mitspieler sollten sich nahe an der Wahrheit orientieren, schwindeln darf nur der Täter.

In diesem Krimistück gibt es eine Zwischeninformation. Diese geben Sie den Gästen **bitte ca. 20 Minuten nach Beginn der Ermittlungen** zur Kenntnis.

Hier ist die Information:

Zwischeninfo:
Die Spurensicherung hat einen Umschlag mit 48.000 Euro Bargeld in der Herrentoilette in einem Handtuchbehälter gefunden. Das Geld wurde dort offensichtlich versteckt. Kann jemand etwas dazu sagen?

Die Grundgeschichte zum Vorlesen

Katharina Hogenfeld saß an dem großen Eichenschreibtisch ihres Mannes im imposanten Chefbüro der Firma Sonnenschein Maschinenbau, als die Sekretärin Valerie Winter hereinkam und ihr einen Briefumschlag übergab.

„Der Brief hier ist wohl unten am Empfang für Sie abgegeben worden", sagte Valerie und sah ihre Chefin interessiert an. „Sieht geheimnisvoll aus, oder?"
Katharina nahm den Umschlag entgegen und warf einen kurzen Blick darauf.
„An Katharina Hogenfeld persönlich", stand da in roter dicker Handschrift. Kein Absender.
Sie legte den Brief aus der Hand und wandte sich wieder Frau Winter zu.
„Wann landet die Maschine meines Mannes aus Amsterdam?"
„Jeden Moment. Bruno Siebenstich ist schon losgefahren, um Ihren Mann vom Flughafen abzuholen. Der Termin mit den Japanern ist um 12:00 Uhr", erklärte Frau Winter und sah neugierig auf den Brief. „Wollen Sie ihn nicht aufmachen?"
Katharina blickte Valerie Winter erstaunt an. „Sicher werde ich ihn aufmachen. Später. Vielen Dank, Frau Winter."
Valerie zuckte mit den Schultern und verließ das Büro. Gleich nachdem sie die schwere Türe geschlossen hatte, nahm Katharina den Perlmuttbrieföffner und ratschte den Umschlag auf. Dann zog sie einen Brief und diverse Fotos aus dem Kuvert. Ein Blick auf die Bilder erklärte rasch, um welche Art Brief es sich hier handelte.
Ihre Augen verdunkelten sich wie immer, wenn sie aufgeregt war. Sie kramte ihre Lesebrille aus der Handtasche, nahm den Brief und las.
Gordon Sonnenschein ging gegen Mittag schnellen Schrittes

über den Betriebshof in Richtung Parkplatz, als sein Handy läutete.

Er blickte auf das Display; es war Sina. Er überlegte kurz, dann drückte er das Gespräch weg und eilte weiter. Er war spät dran; alles andere musste zurzeit hintenan gestellt werden. Die Mittagspause war in einer Viertelstunde um - und wenn er seinen Informanten heute noch treffen wollte, musste er sich beeilen.

Werner Summer, Buchhalter der Firma Sonnenschein, hatte an diesem Tag ebenfalls Post bekommen. Ganz formlos lag der Brief auf der Tastatur seines PCs und nichts Böses ahnend hatte Summer ihn geöffnet. Nun hielt er das Schreiben in den Händen und starrte fassungslos darauf. Dann öffnete er den oberen Hemdknopf und zog den Schlips ein Stück herunter. „Wenn das der alte Gustav wüsste", nuschelte er vor sich hin. „Der würde sich im Grabe herumdrehen!"

Valerie Winter saß im Vorzimmer, als Summer kurz darauf hereinstürmte.

„Meine Güte, Werner, wie siehst du denn aus?", fragte sie erschrocken. „Ist was passiert?"

Summer würdigte sie keines Blickes. Er rannte an Valerie vorbei und riss die Eichentüre zum Büro auf.

„Da ist ja gar keiner drin!", erklärte er dann ernüchtert.

Valerie lächelte. „Wenn du mich gleich gefragt hättest, hätte ich dir sagen können, dass Dr. Hogenfeld zum Mittagsessen mit den japanischen Gästen aufgebrochen ist.

Aber willst du mir nicht mal sagen, was eigentlich los ist?"

Sina Sonnenschein zündete 3 Lavendelräucherstäbchen an und stellte sich dann auf ihre Yoga-Matte. Ein paar Entspannungs- und Atemübungen vor dem großen Fest würden ihr sicher gut tun. Sie freute sich sehr auf die Jubiläumsfeier auf der MS Westfalia. Die Idee, das Fest für die Belegschaft auf ein Schiff zu verlegen, war die ihre gewesen. Ihr Schwager, Kurt-Walter Hogenfeld, war gleich begeistert, als sie ihm den Vorschlag unterbreitet hatte. Die Organisation und Planung des Festes hatte er daraufhin in Sinas Hände gelegt. Und nun endlich war es soweit. Sina war sicher, dass alles wie geplant laufen würde und dass sie heute Abend viele Freunde für ihre gute Sache gewinnen konnte.

Katharina wartete bereits seit 1 Stunde in dem angegebenen Café. Nervös trommelte sie mit den Fingern auf der Tischplatte herum. Die Kellnerin brachte den 4. Kaffee.
„Wir schließen gleich", sagte sie mürrisch und legte den Kassenbon neben die Tasse. Kurz darauf stand Katharina auf der Straße und fragte sich, warum der anonyme Briefschreiber nicht erschienen war. Mit einem unguten Gefühl in der Magengegend machte sie sich auf den Heimweg.

Günter Grabowski schüttelte den Kopf. „Da kann ich nichts für dich tun", erklärte er seinem Gegenüber. „Ich kann dir nur raten, einen Anwalt einzuschalten. Ehrlich gesagt, weiß ich nicht, was ich davon halten oder wem ich in der Sache glauben soll!" Dann stand er abrupt auf. „Ich wünsche dir viel Glück!" Sein Gesprächspartner sah in ungläubig an. „Du glaubst mir nicht? Weißt du, wie lange wir beide schon hier in der Firma sind?"

Grabowski sah unangenehm berührt zu Boden. „Geh zum Anwalt", sagte er dann entschlossen. „Ich kann dir nicht helfen!"

Stunden später:
Dr. Hogenfeld, Katharina und der Kapitän Ole Ohlson standen an der Reling der MS Westfalia und begrüßten alle Mitarbei-

ter und Mitarbeiterinnen persönlich und mit Handschlag. Es hatte kaum Absagen gegeben; die Belegschaft war fast komplett erschienen, um das 100-jährige Bestehen der Firma Sonnenschein Maschinenbau GmbH zu feiern und sogar die seit Tagen krankgeschriebene Empfangsdame Chantal Schmidt erschien fröhlich und munter an Bord ...

Eine Band mit einer blonden Sängerin sollte für gute Stimmung sorgen und baute unten im Tanzsaal die Instrumente auf. Sina warf kurz einen Blick auf das vegetarische Buffet und war hochzufrieden. Es machte einen ausgezeichneten und reichhaltigen Eindruck, und sie war sicher, dass niemand Fleisch oder Braten vermissen würde. Nun war sie gespannt, was Kurt-Walter, Gordon und Katharina dazu sagen würden.

Planmäßig um 18:00 Uhr legt das Schiff ab. Um 18:30 Uhr spielt die Kapelle einen Tusch und Kurt-Walter Hogenfeld betritt die kleine Bühne. Er greift zum Mikrophon und hält zur Begrüßung eine Ansprache, die mit höflichem Applaus quittiert wird. Danach eröffnet er mit Katharina den Tanz.

Das schöne Ambiente und die passenden Getränke sorgten bei der Belegschaft im Laufe des Abends für eine gute Stimmung. Über das Buffet gab es verschiedene Aussagen, im Großen und Ganzen aber schmunzelte man über Sinas Speiseauswahl. Einzig Gordon war entsetzt, als er begriff, dass seine Frau auch bei diesem Anlass nicht vor ihrer vegetarischen Lebensweise abwich. Er hatte sehr gehofft, endlich noch einmal ein anständiges Schnitzel auf den Teller zu bekommen.

„Nimm es mit Humor", sagte sein Schwager Kurt-Walter, der am Buffet plötzlich neben ihm stand und seinen verzweifelten Gesichtsausdruck sah. Dann legte er Gordon eine Grünkernfrikadelle neben den Möhrensalat auf den Teller und wünschte ihm einen guten Appetit. Im Tanzsaal wurde derweil ausgelassen gefeiert, die Band heizte den Mitarbeitern gut ein.

Kurt-Walter Hogenfeld hat schon vor einer Stunde bei einem wilden Tänzchen mit der Empfangsdame Chantal Schmidt seine Jacke ausgezogen und seinem Fahrer Bruno Siebenstich zugeworfen. Er ist in ausgelassener Stimmung und reißt seine Mitarbeiter förmlich mit.

An der Bar sitzt Günter Grabowski. Er hat heute Abend an Deck ein längeres Gespräch mit Katharina Hogenfeld geführt und weiß noch nicht so richtig, was er von dem Resultat halten soll.

Gordon Sonnenschein tanzt indes schon den vierten Tanz mit Valerie Winter. Sie tuscheln unaufhörlich miteinander und wer genau hinsieht, könnte fast auf den Gedanken kommen, die beiden verbindet mehr als die Liebe zu Foxtrott und Cha Cha Cha.

Sina Sonnenschein sitzt derweil mit Werner Summer an Tisch 3 im Tanzsaal und redet unaufhörlich auf ihn ein. Während einer kurzen Rede- und Sinnespause trinkt Sina in kleinen Schlucken selbst mitgebrachtes Heilwasser. Werner Summer ist indes bereits beim 8. Cola-Wodka und nicht mehr ganz aufnahmefähig. Mit glasigen Augen versucht er, dem Gespräch der Höflichkeit halber tapfer zu folgen, allerdings fallen ihm trotz aller Bemühungen langsam aber sicher die Augen zu. Davon scheinbar völlig unberührt lässt Sina dennoch nichts unversucht, Werner Summer von ihrer Idee zu überzeugen. Nach weiteren 10 Minuten, Werner Summer schnarcht inzwischen laut und unüberhörbar, ist allerdings auch Sina der Meinung, dass sie es lieber woanders versuchen sollte. Enttäuscht nimmt sie ihr Glas und wendet sich ab. Günter Grabowski bemerkt ihren suchenden Blick und taucht hinter einer Dekorationspalme ab. Zu spät, Sina steuert, eine Sammelbüchse fest im Arm, mit entschlossenem Blick direkt auf ihn zu.

Eine halbe Stunde später ruft Ole Ohlson, der Kapitän, per Lautsprecher zum Feuerwerk an Deck. Das Feuerwerk ist der letzte Höhepunkt des Abends, bevor in gut 1 Stunde wieder in Düsseldorf angelegt werden soll. Punkt 24:00 Uhr, so hat Kurt-Walter Hogenfeld dem Kapitän erklärt, müsse das Schiff wieder in Düsseldorf festmachen. Das Feuerwerk ist bunt und kurz und hellt die rabenschwarze Nacht für einen kleinen Moment auf. Allerdings sind nur wenige Kollegen für diesen Event an Deck gekommen.

Die meisten Mitarbeiter sind unter Deck geblieben, denn die Party ist auf ihrem Höhepunkt angelangt. Die wenigsten hatten Lust, die Tanzfläche oder die Bar zu verlassen.

Die Servicekraft Ruth Hallervorden stellt kurz darauf fest, dass eine ganze Torte nebst Tortenmesser vom Buffet verschwunden ist. Sie hatte sie eben noch angerichtet - und jetzt ist sie fort. „Das kann doch nicht wahr sein", brummelte Hallervorden vor sich hin. „Jetzt werden schon Torten vom Buffet geklaut, als gäbe es hier nicht genug zu essen!"

Auf dem Weg zur Toilette bemerkt Ole Ohlsen, der Kapitän, einen heftigen Streit zwischen Gordon und Sina Sonnenschein. Diskret schiebt sich der Kapitän an den beiden vorbei, die sofort verstummen, als sie ihn bemerken. Doch kaum ist Ohlsen auf dem Herren-WC verschwunden, fliegen wieder die Fetzen zwischen den beiden.

Kurz nach dem Feuerwerk liegt das Deck der MS Westfalia plötzlich im Dunkeln. Alle Lampen, Lampions und Lichterketten sind ausgefallen. Trotz aller Bemühungen des Bordpersonals kann der Schaden nicht behoben werden; man sieht kaum mehr die Hand vor Augen.

Der Kapitän entschuldigt sich über das Bordmikrophon für diese technische Panne und spricht die Empfehlung aus, nicht mehr an Deck zu gehen. Zu groß sei in der Dunkelheit die Gefahr des Stolperns. Leider halten sich nicht alle Passagiere an diese Empfehlung ... und einer von ihnen wird diese Ignoranz heute Abend noch mit dem Leben bezahlen.

Pause. Falls Sie ein Gänge Menü zubereitet haben, ist jetzt Zeit für den Hauptgang.

Danach lesen Sie bitte weiter vor:

Die MS Westfalia hat bereits wieder Kurs auf den Heimathafen, als gegen 23:30 Uhr ein Schrei ertönt:
„Mann über Bord!", brüllt Ruth Hallervorden vom Serviceteam und stürmt an Deck!
„Gerade ist jemanden am Fenster vorbei ins Wasser gefallen!", ruft sie dem Kapitän zu, der am Bug steht und eine Zigarre raucht.

Ole Ohlson lässt sofort die Maschinen stoppen und Schwimmringe ins Wasser werfen. Mit großen Taschenlampen suchen Männer der Mannschaft das Wasser ab. Es ist niemand zu sehen!

„Stellen Sie fest, ob jemand fehlt", ruft der Kapitän Katharina Hogenfeld zu, die aufgeregt neben ihm steht und in das schwarze Wasser starrt.

Ihr Bruder, Gordon Sonnenschein, nimmt die Sache in die Hand. Er geht unter Deck und hakt nach und nach die Passagierliste ab.

Nach kurzer Zeit steht fest, dass alle Mitarbeiterinnen und Mitarbeiter an Bord sind. Nur einer fehlt - und dies ist ausgerechnet der Chef, Kurt-Walter Hogenfeld.

Nach weiteren 10 Minuten kommt die Nachricht, dass die sofort informierte Wasserschutzpolizei eine männliche Leiche aus dem Rhein gefischt hat. Katharina Hogenfeld identifiziert den Toten. Es ist tatsächlich ihr Mann, Kurt-Walter.

Es kommt aber noch schlimmer: Bevor Dr. Hogenfeld ins Wasser stürzte, hat ihm jemand ein Tortenmesser in den Bauch gerammt.

Wer ist unser Täter?
Und wer hatte ein Motiv, Hogenfeld zu ermorden?

Katharina Hogenfeld

Vorstellungstext, bitte als 1. laut in der Runde vorlesen:

Mein Vater hat bei seinem Tod vor 6 Jahren meinen Mann Kurt-Walter testamentarisch mit allen Vollmachten ausgestattet, um die Firma Sonnenschein zu führen. Unser ganzes Geld steckt in der Firma, wir haben ansonsten keinen großartigen Vermögenswert. Ich grübele die ganze Zeit, wo ein Motiv für die Tat liegen könnte.

Vielleicht ist das wichtig: Vor 3 Monaten kam Kurt-Walter einmal mit einem blauen Auge und ziemlich derangiert nach Hause. Er sagte nicht, was passiert ist, hat aber gleich am nächsten Tag über eine Agentur Bruno Siebenstich eingestellt. Der hat ihn fortan überall hin begleitet. Es kam mir fast vor, als hätte Kurt-Walter sich einen Bodyguard zugelegt. Ich bin sicher, er wurde bedroht, aber von wem, kann ich wirklich nicht sagen. Außerdem fehlen zirka 18.000 Euro auf dem Firmenkonto, die vor kurzem innerhalb von wenigen Tagen per Barscheck mit gefälschten Unterschriften vom Firmenkonto abgehoben wurden. Der Täter ist zur Einlösung immer zu anderen Banken gegangen. Unser Buchhalter, Herr Summer, hatte die Schweinegrippe und war krank; so sind die Abbuchungen zunächst nicht aufgefallen. Mein Mann hat Anzeige gegen Unbekannt erstattet, aber ich weiß, dass er Herrn Summer in Verdacht hatte.

Das Tatmesser stammt wohl von der Erdbeertorte, die kurz vorher vom Buffet verschwand, dies meint zumindest die Polizei. Sie prüfen auch, warum die Elektrik an Deck ausgefallen ist, vielleicht hat da jemand nachgeholfen, denn danach war es an Deck ja wirklich stockfinster. Das kam dem oder den Tätern sicher entgegen. Mehr möchte ich im Moment nicht dazu sagen.

Geheimtext Katharina:

Weitere Informationen für dich! Du darfst von all diesem Wissen in der Ermittlungsrunde Gebrauch machen!

Wortlaut des Briefes, den du heute Morgen erhalten hast:

Hallo Frau Hogenfeld, anbei ein paar Fotos für die sich sicher auch Ihr Mann interessieren wird. Ich treffe Sie heute um 16:00 Uhr im Café Schwarz an der Mühlenstraße. Dort erfahren Sie Weiteres.

Es lagen kompromittierende Fotos bei, die dich und deinen Liebhaber, Bruno Siebenstich, in seinem Wagen zeigen. Wenn dich heute Abend jemand auf das Verhältnis zu Siebenstich anspricht, weißt du, wer der Absender des Briefes ist, denn außer dir und Bruno weiß es niemand hier am Tisch. Du hättest dich keinesfalls auf eine Erpressung eingelassen, denn dein Mann hat dich ebenfalls sehr oft betrogen. Sein neuestes Liebchen ist Chantal Schmidt.

Außerdem: Dein Mann war spielsüchtig. Er hat euer privates Vermögen verspielt und immer mehr Geld aus der Firma abgezogen. Irgendwann wäre die Insolvenz unvermeidbar gewesen. Eure Ehe war am Ende und ihr wolltet euch trennen. Daher warst du sofort einverstanden, als Kurt-Walter dir vorschlug, die Firma für 8 Millionen Euro an ein japanisches Unternehmen zu verkaufen. Am Montag sollte der Vertrag unterzeichnet werden. Nach dem Verkauf hättest du Kurt-Walter abgefunden und ein neues Leben in Südafrika begonnen, so hattet ihr es abgemacht.

Gordon wusste nichts von dem geplanten Verkauf der Firma. Ihr wolltet es ihm erst nach der Unterzeichnung des Vertrages sagen, denn sicher hätte er den Verkauf mit einstweiligen

Verfügungen usw. verzögern können. Und das wolltet ihr nicht riskieren. Die Japaner wollten jetzt kaufen. Warum Gordon so an der Firma hängt, ist dir rätselhaft. Aber sicher ist es für ihn so auch eine gute Lösung. Schließlich hätte er 4 Millionen Euro bekommen. Seit Sina auf diesem seltsamen Weltverbesserungstrip ist, hat der arme Kerl zu Hause auch nichts mehr zu lachen.

Du hast heute Abend mit Siebenstich ein Stück von der Erdbeertorte gegessen, die er dir an Deck plötzlich überbrachte. Allerdings hatte er kein Tortenmesser dabei, sondern sein Taschenmesser zum Zerteilen der Torte benutzt.

Günter Grabowski hat dir heute Abend erzählt, es gäbe Gerüchte, die Firma solle verkauft werden. Du hast die Ahnungslose gespielt und abgewiegelt. Es sollte vor dem Vertragsabschluss ja niemand davon erfahren, um den Verkauf nicht zu gefährden.

Du wirst nun in den Genuss von Kurt-Walters Lebensversicherung kommen; die Summe: 300.000 Euro. Dies macht dich sicher zu einer Hauptverdächtigen.

Später, nach den Ermittlungen schreibt jeder auf, wen er für den Täter hält, und dann wird der Fall gemeinsam aufgelöst.

Gordon Sonnenschein
Vorstellungstext, bitte nach Katharina laut in der Runde vorlesen:

Ich bin der Schwager des Ermordeten und arbeite als Einkäufer in der Firma. Ich habe mein Maschinenbaustudium abgebrochen und war für meinen Vater seither als Nachfolger ungeeignet. Somit wurde Kurt-Walter unser Chef, denn Katharina hatte noch nie Interesse an dem Laden; sie träumt seit Kindertagen von einer Farm in Südafrika. Für solche Hirngespinste hatte Vater keinen Sinn. Der Firma ging es nicht so gut, wie Kurt-Walter es immer darstellte. Lange war genug Substanz da, aber es hätten in den letzten Jahren Investitionen getätigt und neue Märkte erschlossen werden müssen. Ich habe viele Vorschläge unterbreitet, aber mein Schwager hat alles abgeblockt. Günter Grabowski und ich haben oft mit ihm diskutiert, aber es war für die Katz. Noch dazu traf Kurt-Walter immer häufiger Entscheidungen, die niemand nachvollziehen konnte. Wenn ich darüber nachdenke, dass er noch vor kurzem einen Chauffeur und eine Empfangsdame eingestellt hat, bei einem Betrieb unserer Größe, dann ist das wirklich nicht zu fassen. Nun ja, jetzt wird jedenfalls wieder alles in Ordnung kommen. Die Firma ist wieder in der Hand der Familie - und das ist gut so.

Zur Tatzeit war ich an Deck, ich habe meine Frau gesucht. Ich glaube, sie war sehr verärgert, weil ich so oft mit Valerie Winter getanzt habe, aber das hatte alles seine Gründe und ich werde es später gerne erklären.

Gordons Geheimtext:
Weitere Informationen für dich! Du darfst von all diesem Wissen in der Ermittlungsrunde Gebrauch machen!

Zunächst zu heute: Du hast heute Mittag von Valerie Winter Unterlagen erhalten, die beweisen, dass dein Schwager die Firma für 8 Millionen Euro verkaufen wollte. Es war ein Kaufvertrag zwischen einer japanischen Company und eurem Unternehmen zur Unterschrift reif, aber noch nicht unterzeichnet. Du wolltest es deiner Schwester Katharina heute sagen, bist aber noch nicht dazu gekommen. Oder wusste sie es schon und hat ihn wohlmöglich daher umgebracht?

Ihr Mann hat sie außerdem ständig betrogen. Diese Chantal z.B. ist seine neueste Eroberung, und dabei ist er nicht einmal diskret. Katharina besitzt privat kaum noch Geld; ihr Mann hat im Laufe der Jahre ihr ganzes Vermögen unter die Leute gebracht. Katharina ist bestimmt froh, dass sie diesen Mann los ist. Sie wird aus der Lebensversicherung zudem eine ordentliche Summe bekommen.

Bruno Siebenstich, der Chauffeur, ist dir suspekt. Der Mann ist vorbestraft, du hast Erkundigungen über ihn eingezogen. Er hat wegen Betrugs und Körperverletzung 2 Jahre gesessen. Warum hat sich Kurt-Walter so einen Mann ins Haus geholt? Sprich Siebenstich auf seine Vorstrafen an. Einige am Tisch wissen nichts davon.

Kurt-Walter hat dir gesagt, dass Werner Summer sich an der Kasse bedient hat. 18.000 Euro soll er mit gefälschten Schecks veruntreut haben. Kurt-Walter behauptete, Summer wäre Spieler, denn er hat ihn wohl vor kurzem in einem Spielcasino gesehen. Wenn er ihn dort gesehen hat, war er selbst natürlich auch dort. Spielte Kurt-Walter vielleicht auch und hat daher immer mehr Geld aus dem Geschäft entnommen? Du solltest Katharina danach fragen.

Und noch etwas geht dir nicht aus dem Kopf:

Sina, deine Frau, ist dir heute Abend mit einem Tortenmesser in der Hand an Deck begegnet. Das war kurz vor der Tat. Da sie aber sauer auf dich war, ist sie gleich weiter und wollte sich nicht mit dir unterhalten. Du hast dich noch gewundert, warum Sina das Messer bei sich hatte. Frag sie danach.

Du hast es ohnehin nicht leicht mit Sina. Seit gut ½ Jahr geht sie in eine Gruppe, die die Welt verbessern möchte. Sie spendet auch sehr viel Geld an die Gruppe, die damit irgendwelche undurchsichtigen Projekte unterstützt. Auch heute Abend hat sie an Bord versucht, bei den Mitarbeitern Geld zu sammeln für diese Sache. Du hast ihr dieses schließlich untersagt. Das ist doch wirklich peinlich, wenn deine Frau mit der Sammelbüchse durch die Gegend läuft. Daher habt ihr euch auf dem Gang vor den Toiletten so sehr gestritten.

Später, nach den Ermittlungen schreibt jeder auf, wen er für den Täter hält, und dann wird der Fall gemeinsam aufgelöst.

Sina Sonnenschein, Ehefrau von Gordon
Vorstellungstext, bitte nach Gordon laut in der Runde vorlesen:

Ich bin sehr bestürzt, dass der Abend so endet, schließlich war die Feier auf dem Schiff meine Idee, ich habe alles organisiert. Ich habe früher in einer Event-Agentur gearbeitet, daher kann ich so was ganz gut. Kurt-Walter hat mir völlig freie Hand gelassen. Er sagte mir heute nur immer wieder, dass er spätestens um 24:00 Uhr wieder in Düsseldorf sein müsse. Dies war ihm sehr wichtig. Ich bin um 23:00 Uhr hoch an Deck und habe mir das Feuerwerk angesehen. Das Feuerwerk war übrigens Kurt-Walters Idee; ich hätte kein Geld dafür ausgegeben.

Er hat darauf bestanden, weil er meinte, 100 Jahre Sonnenschein Maschinenbau sei ein Feuerwerk wert. Später fand ich dann einen Liegestuhl und bin wohl eingeschlafen. Chantal Schmidt war übrigens mit Kurt-Walter auch an Deck oben, ich habe die beiden gesehen, gleich, als das Feuerwerk zu Ende war. Kurz darauf fiel schon die Elektrik aus. Naja, im Dunkeln ist gut munkeln ... Ich bin ziemlich sicher, dass zwischen den beiden was läuft, so vertraut, wie die miteinander umgingen. Ich habe mich geärgert, dass Kurt-Walter nicht diskreter ist. Katharina scheint es aber nicht viel auszumachen. Seltsam eigentlich. Mehr kann ich leider nicht dazu sagen. Ich selbst bin ehrenamtlich in der Gruppe „Wir verbessern die Welt" aktiv. Wenn jemand spenden möchte, kann er sich gleich gerne an mich wenden. Wir unterstützen viele Projekte und brauchen dafür entsprechend viel Geld. Ich erläutere das gerne später noch genauer.

Geheimtext Sina:

Weitere Informationen für dich! Du darfst von all diesem Wissen in der Ermittlungsrunde Gebrauch machen!

Du hast heute Abend ein Tortenmesser auf der Treppe gefunden, die vom Buffetraum hoch an Deck führt. Vermutlich hat es jemand verloren. Du hast es aufgehoben und mit hochgenommen. Kaum an Deck kam dir Gordon entgegen. Du hast zickig reagiert und bist weitergelaufen, denn du warst immer noch recht sauer auf ihn, weil er dir kurz zuvor die Sammelbüchse für „Wir verbessern die Welt" abgenommen hat. Dabei hättest du heute Abend so viel Geld sammeln können, es gab viele gute Gespräche und auch schon ein paar Euro in der Büchse. Gordon hat sich furchtbar über deine Aktivitäten an Bord aufgeregt; daher hattet ihr in dem Gang zur Toilette Streit.

Du hast das Tortenmesser dann einfach irgendwo an Deck abgelegt. Kurz darauf kam dir Kurt-Walter entgegen. Er war ziemlich aufgeregt und fragte dich, ob du Bruno Siebenstich gesehen hättest. Leider konntest du ihm nicht helfen. Kurt-Walter ist dann weitergelaufen, als ging es um sein Leben.

Außerdem:
Du hast vorige Woche zufällig ein Gespräch zwischen Katharina und Kurt-Walter belauscht. Die beiden sprachen über den Verkauf der Firma Sonnenschein an eine japanische Gesellschaft. Katharina und Kurt-Walter waren sich einig, die Sonnenschein GmbH für 8 Millionen Euro zu verkaufen. Offensichtlich wollten die beiden es Gordon erst nach dem Verkauf sagen, damit er nichts dagegen unternimmt. Du hast es Gordon auch verschwiegen, denn er hätte sicher alles daran gesetzt, den Verkauf zu verhindert. Von eurem Anteil könnt ihr ein sorgenfreies, schönes Leben führen und ganz

viel Geld an „Wir verbessern die Welt" spenden.

Valerie Winter war bis vor kurzem noch mit Bruno Sieben-stich liiert. Sind die beiden immer noch ein Paar? Frag einmal danach.

Außerdem: Frag Bruno Siebenstich, ob Kurt-Walter ihn am Abend gefunden hat.

Weiß Bruno, warum Kurt-Walter um 24:00 Uhr unbedingt in Düsseldorf sein wollte?

Frag Katharina, ob der Verkauf an die Japaner jetzt trotzdem stattfinden wird.

Später, nach den Ermittlungen schreibt jeder auf, wen er für den Täter hält, und dann wird der Fall gemeinsam aufgelöst.

Werner Summer, Buchhalter
Vorstellungstext, bitte nach Sina laut in der Runde vorlesen:

Ich arbeite seit 33 Jahren bei der Firma Sonnenschein in der Buchhaltung - und ich muss sagen, die Zustände, die hier inzwischen herrschen, würden den alten Gustav Sonnenschein auf die Palme treiben. Vorige Woche habe ich festgestellt, dass Dr. Hogenfeld wieder einmal 30.000 Euro bar vom Firmenkonto abgehoben hat. Ich habe ihn daraufhin angesprochen, denn das Geld wurde für die Gehälter der Mitarbeiter dringend benötigt. Er sagte, dies ginge mich nichts an. Stattdessen erhielt ich dann heute die Kündigung, mit der grotesken Behauptung, ich habe Firmengelder veruntreut. Das ist ungeheuerlich, und ich möchte ausdrücklich betonen, dass dies nicht wahr ist. Ich war einige Zeit an Schweinegrippe erkrankt. In dieser Zeit hat jemand Barschecks aus meinem Büro entwendet, gefälscht und mit diversen Kleinbeträgen bei verschiedenen Banken eingelöst. Der Gesamtschaden liegt bisher bei 18.000 Euro. Ich habe sofort alle Schecks sperren lassen, denn es fehlen noch einige, die wohl noch unterwegs sein könnten. Zugriff auf die Barschecks haben Herr und Frau Hogenfeld, Valerie Winter, Gordon Sonnenschein und natürlich auch ich.

Ohne die ständig höher werdenden Privatentnahmen des Dr. Hogenfeld würde die Sonnenschein Maschinenbau wunderbar dastehen. Aber mit so einem Verschwender als Chef hätten wir bald alle vor dem Aus gestanden. Insofern, man darf es ja fast nicht aussprechen, ist es gut so, wie es jetzt ist. Als der Mord geschah, habe ich mich an Deck aufgehalten. Ich habe in der Dunkelheit nicht viel erkennen können, aber Sina Sonnenschein war da, die lag in einem Liegestuhl und schlief. Frau Hogenfeld habe ich mit einem Mann an der Reling stehen sehen. Es war aber so dunkel, dass ich nicht erkennen konnte, wer das war. Als zirka 10 Minuten später der Ruf „Mann über Bord" ertönte, war ich gerade wieder auf dem Weg nach unten. Mehr kann ich nicht dazu sagen.

Geheimtext Werner Summer:
Weitere Informationen für dich! Du darfst von all diesem Wissen in der Ermittlungsrunde Gebrauch machen!

Vor einigen Wochen warst du in Hohensyburg, denn du hattest durch einen Zufall erfahren, dass Bruno Siebenstich den Chef an dem Abend dort hinfahren würde. Da du wissen wolltest, ob der Chef spielt, bist du auch hingefahren und hast dich an die Bar gesetzt. Tatsächlich erschienen Kurt-Walter und diese Chantal Schmidt. Sie ist ganz offensichtlich seine Geliebte. Die beiden haben sich am Roulettetisch und bei Black Jack amüsiert. Sie haben Geld gewonnen, aber auch einiges verloren. Und du bist sicher, dass das Geld, welches er ständig vom Firmenkonto nahm, am Spieltisch eingesetzt wurde. Die Firma hätte das nicht mehr lange überlebt. Hogenfeld, auch da bist du sicher, hat selbst die Schecks gefälscht und bei verschiedenen Banken eingelöst. Heute hast du bezüglich der Kündigung Rat bei Grabowski gesucht, der ja als Betriebsrat eigentlich auf deiner Seite stehen müsste. Leider hast du nicht viel erreicht. So lernt man seine wirklichen Freunde kennen.

Euer Steuerberater hat dir vor 4 Wochen gesagt, dass Hogenfeld eine Bewertung der Firma in Auftrag gegeben hat, ganz so, als wolle er sie verkaufen.
Was ist da los? Soll die Firma Sonnenschein verkauft werden? Können Gordon oder Katharina etwas dazu sagen? Tatsache ist, dass Hogenfeld alle Vollmachten, auch für einen Verkauf, innehatte. Seine Kinder hätten dies nicht verhindern können. Liegt hier ein Motiv für die Tat? Sprich dies unbedingt an.

Bruno Siebenstich ist eine windige Person; er dient wohl auch als Bodyguard. Warum brauchte Hogenfeld einen Beschützer? Hat er Spielschulden in der Unterwelt? Das würde natürlich vieles erklären.

Chantal bekommt übrigens 3500 Euro Gehalt. Das ist doch nicht normal für eine Empfangsdame, die niemand wirklich braucht, oder?

Es gibt eine Lebensversicherung für Hogenfeld. Katharina bekommt demnach jetzt 300.000 Euro ausgezahlt. Sprich sie darauf an. Das ist ein Motiv für die Tat.

Später, nach den Ermittlungen schreibt jeder auf, wen er für den Täter hält, und dann wird der Fall gemeinsam aufgelöst.

Chantal Schmidt, Empfangsdame

Vorstellungstext, bitte nach Werner laut in der Runde vorlesen:

Ich bin von Beruf Nageldesignerin und Model. Bei der Firma Sonnenschein bin ich seit ein paar Wochen als Empfangsdame tätig. Ich habe Kurt-Walter, sorry, den Herrn Dr. Hogenfeld, vor ein paar Monaten kennen gelernt. Er saß in der Jury bei der Wahl zur Miss Kokosnuss. Dies ist die Misswahl eines bekannten Schokoladenherstellers. Später hat Herr Hogenfeld mir dann die Stelle am Empfang angeboten. Ich arbeite sehr hart, es ist gar nicht so einfach, mit all den Telefonen und Leuten, die dauernd zu Besuch kommen oder was abgeben. Daher verdiene ich auch ein gutes Gehalt; das ist nicht mehr wie recht. Als der Mord geschah, war ich an Deck. Ich bin kurz zuvor mit Herrn Hogenfeld zusammen hochgegangen an die Luft; unten war es ja total stickig. Wir wollten ein Gläschen Champagner zusammen trinken und auf die nächsten 100 Jahre anstoßen. Kaum oben angekommen, wollte Kurt-Walter eine Zigarette rauchen und dann ist er plötzlich weg. Er suchte irgendwas und hat gesagt, er käme gleich wieder. Gesehen habe ich leider nichts, denn es war ja stockfinster. Ich bin wirklich sehr traurig und hoffe, dass wir alle jetzt zusammen- und den Laden in Schwung halten.

Geheimtext Chantal:
Weitere Informationen für dich! Du darfst von all diesem Wissen in der Ermittlungsrunde Gebrauch machen!

Du warst die Geliebte von Kurt-Walter. Ihr hattet eine schöne Zeit. Du warst in den letzten Tagen auch mit ihm in Amsterdam. Er hat dich auch sehr oft mit ins Spielcasino nach Hohensyburg genommen und er hat regelmäßig sehr viel Geld gewonnen, aber auch verloren. Kürzlich hast du in Hohensyburg auch Werner Summer gesehen. Er saß an der Bar und trank etwas. Du hast ihn nicht angesprochen, aber du nimmst an, dass er auch spielt. Das hast du Kurt-Walter auch gesagt. Wenn ein Buchhalter spielt, ist das schließlich immer gefährlich.

Zu vorgerückter Stunde ist Kurt-Walter heute mit dir hoch an Deck gegangen. Ihr habt eine Flasche Champagner, eine Torte vom Buffet und ein großes Messer für die Torte mitgenommen und euch ein schönes Plätzchen gesucht. Leider habt ihr das Tortenmesser unterwegs irgendwo verloren. Daher blieb die Torte unangeschnitten. Kurt-Walter hat dir erzählt, dass er später am Abend noch eine wichtige Verabredung in Düsseldorf hat, die er auf keinen Fall versäumen durfte. Mit wem er sich treffen wollte, hat er nicht gesagt. Nachdem ihr kurz dort oben gesessen habt, hat er seine Zigaretten in seiner Jacke gesucht. Plötzlich ist er dann, wie von der Tarantel gestochen, aufgesprungen und rasch weggegangen. Das war das letzte Mal, dass du ihn gesehen hast. Das kannst du den anderen auch ruhig so schildern, es ist ja nichts dabei.

Kurz danach tauchte Bruno in der Dunkelheit auf, nahm die Torte und ging damit weg. Was wollte er denn mit dem Kuchen? Hat er auch eine Freundin an Bord? Frag ihn danach.

Bruno Siebenstich war bis vor kurzem noch mit Valerie Winter liiert. Das weißt du von Valerie selbst. Vor ein paar Wochen dann hat er sich getrennt und Valerie war sehr bestürzt darüber. Warum sie sich getrennt haben, weißt du aber nicht. Frag Valerie oder Bruno doch mal, warum sie sich getrennt haben. Und frag Bruno, ob er weiß, wohin der Chef heute Nacht noch gehen wollte.

Später, nach den Ermittlungen schreibt jeder auf, wen er für den Täter hält, und dann wird der Fall gemeinsam aufgelöst.

Valerie Winter

Vorstellungstext, bitte nach Chantal laut in der Runde vorlesen:

Ich bin seit 5 Jahren die Sekretärin des Chefs. Ich habe eine Kündigung für Werner Summer schreiben müssen, aber ich kann mir nicht vorstellen, dass Werner Summer Geld veruntreut hat. Dafür ist er nicht der Typ.

Hogenfeld war kein guter Chef, soviel steht wohl mal fest. Irgendwie hatte ich die ganzen letzten Jahre das Gefühl, dass er sich gar nicht mehr für den Laden interessiert. Er war ja auch kaum noch da. Auch die Reise nach Amsterdam war doch wohl eher privater Natur. Ich habe jedenfalls 2 Flugkarten buchen müssen und ein Doppelzimmer. Die zweite Flugkarte hätte ich ja noch für Bruno Siebenstich vermutet, aber mit dem wird er wohl kaum im Doppelzimmer schlafen, oder? Hogenfeld hatte vor irgendetwas Angst. Er hat sich oft seltsam benommen in letzter Zeit. Vor einigen Wochen war auch der Firmenwagen total zerkratzt und alle Reifen zerstochen. Ich habe das zufällig gesehen, als ich früher als sonst zur Arbeit kam. Kurz danach hat Bruno Siebenstich den Wagen weggebracht, und einen Tag später war er wieder wie neu. Vermutlich hat es kaum jemand gemerkt, aber da waren Leute hinter dem Chef her, soviel steht fest. Leider kann ich nicht mehr dazu sagen.

Geheimtext Valerie:
Weitere Informationen für dich! Du darfst von all diesem Wissen in der Ermittlungsrunde Gebrauch machen!

Du hattest bis vor kurzem ein Verhältnis mit Bruno Siebenstich. Plötzlich dann hat er sich von dir zurückgezogen. Du hast gleich geahnt, dass es eine andere Frau gibt. Du hast ihn heimlich beobachtet und es herausgefunden: Es ist Katharina Hogenfeld. Du hast ein paar Fotos von den beiden im Auto von Bruno machen können und den Brief mit den Fotos heute in die Post geschummelt. In dem Brief hast du sie aufgefordert, heute Nachmittag ins Café Schwarz zu kommen. Du bist aber nicht hingegangen, denn du bist keine Erpresserin. Du wolltest sie nur erschrecken. Zu schade, dass sie den Brief nicht gleich geöffnet hat, als du ihn ihr gebracht hast. Du hättest zu gerne ihr Gesicht gesehen ...

Du weißt, dass der Chef plante, die Firma zu verkaufen. Es gab bereits unterschriftsreife Verträge mit einer japanischen Gesellschaft. Die Unterhändler dieser Firma waren heute Mittag ja auch noch einmal vor Ort. Die Verträge sollten aber erst Montag unterzeichnet werden; da wurde die Hauptdelegation erwartet. Du hast Kopien dieses Vertrages heute Mittag Gordon Sonnenschein übergeben und gehofft, dass er den Verkauf noch irgendwie stoppen kann. Gordon war außer sich, als er die Papiere durchsah. Er wollte sofort eine einstweilige Verfügung gegen den Verkauf beantragen. Vermutlich hätte er aber nicht viel machen können, denn alle Vollmachten lagen laut Testament vom alten Gustav Sonnenschein bei Dr. Hogenfeld. Du bist ziemlich sicher, dass Katharina vom dem geplanten Verkauf wusste, denn sie sprach in letzter Zeit oft davon, den Ort zu verlassen und in Südafrika ein neues Leben zu beginnen. Privat besitzt die Hogenfeld nichts mehr, das weißt du ziemlich sicher. Ihr Mann hat das private Vermögen von Katharina bereits komplett verprasst.

Chantal Schmidt ist die Geliebte des Chefs. Der zweite Flug nach Amsterdam war jedenfalls auf ihren Namen gebucht und die Hotelrechnung lautete auf Herrn und Frau Hogenfeld.

Gordons Frau Sina ist inzwischen ja völlig abgedreht. Sie hat heute Abend mit einer Sammelbüchse Geld für die Organisation „Wir verändern die Welt" gesammelt. Du hast auch ein paar Euro in die Büchse geworfen; andererseits findest du es wirklich unpassend, auf einem Betriebsfest Spenden zu sammeln. Und das fleischlose Buffet war natürlich auch Sinas Werk. Der arme Gordon. Du solltest ihm anbieten, ab und zu bei dir ein Steak zu essen; er ist bestimmt dankbar dafür.

Später, nach den Ermittlungen schreibt jeder auf, wen er für den Täter hält, und dann wird der Fall gemeinsam aufgelöst.

Bruno Siebenstich, Chauffeur
Vorstellungstext, bitte nach Valerie laut in der Runde vorlesen:

Ich bin seit gut 3 Monaten für Dr. Hogenfeld als Fahrer und Vertrauter tätig. Er fühlte sich wohl bedroht, soviel kann ich sagen. Ich bin wirklich verzweifelt, dass ich sein Leben nicht retten konnte. Er hatte mir aber kurz vor der Tat ausdrücklich gesagt, dass er jetzt an Deck geht und sich für eine halbe Stunde „ausklingt". Er wollte nicht gestört werden. Genauso hat er sich ausgedrückt. Er hat eine Torte vom Buffet und eine uns allen bekannte Dame mitgenommen, das habe ich noch gesehen. Ich habe versucht, an Deck trotzdem in seiner Nähe zu bleiben; durch die Dunkelheit habe ich ihn aus den Augen verloren. Während ich da oben rumgelaufen bin und nach ihm gesucht habe, ist mir aber Gordon Sonnenschein begegnet. Und Valerie Winter war auch da oben, ich habe ihr auffälliges Parfüm gerochen. Gesehen habe ich sie allerdings nicht.

Heute gegen 24:00 Uhr wollte Hogenfeld noch ein paar Gentlemen in Düsseldorf treffen. Es ging um Geschäfte. Mehr kann ich leider nicht dazu sagen.

Geheimtext Bruno Siebenstich:
Weitere Informationen für dich! Du darfst von all diesem Wissen in der Ermittlungsrunde Gebrauch machen!

Du bist das, was man einen „krummen Hund" nennt. Du hast schon einmal 2 Jahre im Gefängnis gesessen wegen Betruges und Körperverletzung. Für den Chef warst du mehr Bodyguard als Chauffeur, denn er wurde massiv bedroht. Hogenfeld hat in üblen Kreisen gespielt und viel Geld verloren. Heute Abend, um 24:00 Uhr, wollte er in einem Club Spielschulden bezahlen. 48.000 Euro hatte er in einem Umschlag zu diesem Zweck dabei, dies hat er dir gesagt. Vor 3 Monaten haben ihm die Kameraden, denen er das Geld schuldet, schon einmal die Nase demoliert. Seitdem hast du ihn beschützt. Du hast ihm trotzdem dringend geraten, die Spielschulden zu bezahlen, denn mit diesen Jungs ist nicht zu spaßen. Sie haben erst kürzlich die Reifen am Firmenwagen zerstochen und den Lack zerkratzt.

Du wusstest also, dass der Chef so viel Geld bei sich trug. Als er dir beim Tanzen mit Chantal am Abend die Jacke zuwarf, konntest du nicht widerstehen. Du hast in die Jacke gegriffen und das Geld genommen und eingesteckt. Gleich danach hast du den Umschlag dann auf der Toilette in einem Handtuchbehälter versteckt.

Irgendwann nach dem Feuerwerk stand der Chef an Deck plötzlich hinter dir. Er war außer sich vor Wut, hat dir den Diebstahl auf den Kopf zugesagt und dich sofort angegriffen. Er hatte das Tortenmesser in der Hand. Es gab ein Gerangel, und du musstest dich heftig zur Wehr setzen. Dann plötzlich stolperte er und fiel vorne über in das Messer. Du hast ihm einen Stups gegeben und er ging über die Reling. Eigentlich war das Ganze ein dummer Unfall. Du hast unüberlegt und in Panik gehandelt. Nun musst du sehen, wie du aus dieser Sache heraus kommst. Ein Motiv haben mehrere Personen. Versuche, den Verdacht auf eine andere Person zu lenken.

Was du sonst noch wissen solltest:

Du hattest bis vor wenigen Wochen ein Verhältnis mit Valerie Winter. Dann fing Katharina Hogenfeld an, sich für dich zu interessieren. Du hast eine Affäre mit ihr begonnen und Valerie verlassen. Katharina will in Kürze nach Südafrika auswandern und eine Farm kaufen. Du fragst dich, mit welchem Geld sie das tun will, denn die Firma wirft nicht mehr viel ab, und das private Vermögen von Katharina hat Hogenfeld bereits verspielt. Katharina hat dir vorgestern noch gesagt, dass der Traum von Afrika jetzt bald wahr werden wird. Du willst mit ihr gehen und dort ein neues Leben beginnen. Du weißt auch, dass es eine Lebensversicherung für Hogenfeld gibt. Diese beläuft sich auf 300.000 Euro. Dieses Geld wird Katharina jetzt bekommen. Dies ist ein Motiv.

Hogenfeld hatte eine Affäre mit Chantal, du hast ihn oft zu ihr gefahren. Sie war auch mit in Amsterdam. Heute Abend hat Chantal mit einer Erdbeertorte alleine an Deck gesessen. Du hast die Torte einfach mitgenommen und diese zu Katharina gebracht, die ebenfalls oben an Deck auf dich gewartet hat. Ihr habt ein Stück davon gegessen, dann ist wieder jeder seine Wege gegangen. Euer Verhältnis sollte ja nicht auffallen. Du hast zum Zerschneiden der Torte dein Taschenmesser benutzt, denn das Tortenmesser lag nicht dabei.

Lege auf keinen Fall ein Geständnis ab.
Nach den Ermittlungen schreibt jeder auf, wen er für den Täter hält, und dann werden wir den Fall gemeinsam auflösen.

Günter Grabowski

(Bei 7 Mitspielern kann diese Rolle ausgelassen werden)
Vorstellungstext, bitte nach Bruno laut in der Runde vorlesen:

Ich bin seit 15 Jahren als Elektriker bei der Firma Sonnenschein tätig und wurde vor 8 Jahren in den Betriebsrat gewählt. Diese Firma geht den Bach runter, soviel steht fest. Hogenfeld war ein schlechter Nachfolger vom alten Gustav, da ist sich die Belegschaft einig. Es haben ja auch schon viele Mitarbeiter den Laden verlassen. Und wir fahren einen hohen Krankenstand. Aber das nur am Rande. Als die Lichter oben an Deck ausgingen, habe ich versucht, bei der Behebung des Schadens zu helfen, aber der Kapitän hat mich nicht an die Elektrik gelassen. Bitte, da saßen wir eben im Dunkeln an Deck. Genau, ich war auch oben an Deck, als die Tat geschah. Leider war es ja so finster, dass man wirklich nur lauschen, aber nichts sehen konnte. Ich hoffe, dass Gordon den Laden jetzt übernimmt und dass er ihn wieder flott kriegt, denn Gordon ist der einzige von der Familie, der sich wirklich für die Sonnenschein Maschinenbau interessiert und der das nötige Rüstzeug und innovative Ideen dazu hat.

Gordon, die Belegschaft steht hinter dir, soviel kann ich sagen. Du hast es ja auch wirklich nicht leicht. Erst hat dein Vater den Laden, den du hättest erben müssen, mit allen Vollmachten deinem unfähigen Schwager ausgehändigt, und jetzt hast du auch noch eine Frau, die offensichtlich auf dem „Ich rette die Welt-Trip" ist. Läuft hier heute Abend mit Leidensmiene mit einer Sammelbüchse um und quatscht uns allen einen Knopp an die Backe. Ich habe auch was gespendet, schon alleine, um sie wieder los zu werden, aber normal finde ich das nicht. Tja, nun schauen wir mal, wer uns den Hogenfeld freundlicherweise vom Hals geschafft hat und ab morgen läuft der Laden dann hoffentlich wieder in geordneten Bahnen.

Geheimtext Günter Grabowski:
Weitere Informationen für dich! Du darfst von all diesem Wissen in der Ermittlungsrunde Gebrauch machen!

Die Valerie Winter war bis vor kurzem noch mit Bruno Siebenstich liiert. Das weißt du, weil sie sich nach der Trennung mal bei dir ausgeheult hat. Sie hat dir auch erzählt, dass er wohl eine neue Freundin hat, wer das ist, hat sie nicht gewusst. Sie hat vermutet, es könne eventuell diese Chantal sein, aber die hat doch wohl eher was mit Hogenfeld gehabt, oder?

Du hast ein paar Mal versucht, Internes von der Chefetage über Valerie zu erfahren, sie hat aber nie etwas verraten und war absolut loyal der Geschäftsführung gegenüber. Es kursieren Gerüchte, die Firma sollte verkauft werden, denn in letzter Zeit waren 3 mal japanische Delegationen da, um sich den Laden anzusehen. Hogenfeld hat immer gesagt, dies seien Kunden, aber du wüsstest davon, wenn ihr einen japanischen Auftrag im Hause hättet.

Du hast Katharina daher heute darauf angesprochen, aber sie hat dir versichert, dass ihr von solchen Plänen nichts bekannt ist. Ob du ihr glauben kannst, weißt du allerdings nicht. Sie war nicht sehr überzeugend.

Heute kam Werner Summer zu dir. Ihm ist gekündigt worden, weil er angeblich Geld veruntreut hat. Du glaubst dies zwar nicht, kannst ihm aber auch nur vor den Kopf gucken. Chantal hat dir erzählt, sie habe den Summer mal in der Spielbank Hohensyburg gesehen. Er spielt also. Wer weiß, vielleicht musste er Spielschulden tilgen und hat wirklich in die Kasse gegriffen?

Du hast ihm geraten, einen Anwalt zu nehmen, mehr kannst du in diesem Fall wirklich nicht tun.

Wer ist wohl die neue Freundin von Bruno Siebenstich?

Wird Gordon die Firma jetzt übernehmen?

Später, nach den Ermittlungen schreibt jeder auf, wen er für den Täter hält, und dann wird der Fall gemeinsam aufgelöst.

Der Kapitän, Ole Ohlson
Vorstellungstext, bitte nach Günter laut in der Runde vorlesen:

Ich bin Kapitän des MS Westfalia. Als der Ruf „Mann über Bord" ertönte, war ich auf der Brücke. Nach dem Stromausfall an Deck war es zappenfinster, und ich konnte nicht sehen, was da vor sich ging. Ich habe mich sofort auf die üblichen Rettungsmaßnahmen konzentriert.

Etwas möchte ich erwähnen, weil es mir wichtig erscheint: Der Herr Hogenfeld hat mich am Abend mehrfach darauf hingewiesen, dass er ganz pünktlich um spätestens 24:00 Uhr wieder in Düsseldorf sein muss. Er hatte wohl noch ein sehr wichtiges Treffen! Ich habe ihm zugesagt, diesen Zeitplan einhalten zu können. Was er noch vorhatte, weiß ich leider nicht. Ganz offensichtlich war er zu später Stunde noch verabredet. Außerdem hat er mich gefragt, ob ich einen Safe an Bord habe. Wir sind doch nicht die MS Deutschland, wo lauter Millionäre rumschippern. Also mit einem Safe kann ich wirklich nicht dienen. Ich habe ihm gesagt, er muss schon selbst auf seine Wertsachen aufpassen.

Geheimtext Ole:
Weitere Informationen für dich! Du darfst von all diesem Wissen in der Ermittlungsrunde Gebrauch machen!

Du, lieber Ole, hast heute eine der kleineren Rollen erwischt. Das ist von großem Vorteil, denn so kannst du dich sehr gut darauf konzentrieren, was die anderen aussagen.

Wieso der Strom ausgefallen ist, konntet ihr noch nicht feststellen. Es ist möglich, dass es eine natürliche Ursache hat, es kann aber auch sein, dass jemand daran rumgeschraubt hat.

Bruno Siebenstich kommt dir sehr bekannt vor; auf jeden Fall ist er dir suspekt. Er benimmt sich wie einer, der was zu verbergen hat.

Gordon und Sina haben sich vor den Toiletten sehr gestritten, das hast du beobachtet. Leider konntest du nicht hören, um was es ging. Frag die beiden einmal danach.

Pass gut auf, was die anderen gleich aussagen. Versucht gemeinsam herauszufinden, wer den Dr. Hogenfeld heute Abend ermordet hat.

Später, nach den Ermittlungen schreibt jeder auf, wen er für den Täter hält, und dann wird der Fall gemeinsam aufgelöst.

Ruth Hallervorden, Servicekraft der MS Westfalia
Vorstellungstext, bitte nach Ole laut in der Runde vorlesen:

Mein Name ist Ruth Hallervorden. Ich arbeite seit einigen Jahren als Servicekraft auf den Schiffen dieser Reederei und habe schon so manches erlebt. Einen Mord hatten wir allerdings noch nie. Der Mann ist ja direkt vor meinen Augen ins Wasser gefallen. Vom Tortenbuffet fehlt eindeutig ein Messer; die Polizei nimmt an, dass es die Tatwaffe ist.
Was soll man dazu sagen! Zurzeit durchsucht die Polizei ja das ganze Schiff. Ich bin gespannt, was sie finden. Mehr kann ich leider nicht dazu beitragen.

Geheimtext Ruth Hallervorden:
Weitere Informationen für dich! Du darfst von all diesem Wissen in der Ermittlungsrunde Gebrauch machen!

Du, liebe Ruth, hast heute eine der kleineren Rollen erwischt. Das ist von großem Vorteil, denn so kannst du dich sehr gut darauf konzentrieren, was die anderen aussagen.
Du hast beobachtet, dass Sina und Gordon sich nichts mehr zu sagen haben. Die beiden sind ja sowas von unterschiedlich. Sina ist den ganzen Abend mehr oder weniger alleine herumgelaufen, und Gordon steckte dauernd mit dieser Valerie Winter zusammen. Aber auch Katharina Hogenfeld und ihr Mann sind sich den ganzen Abend aus dem Weg gegangen. Zwischendurch hatte die Hogenfeld trotzdem immer mal so ein glückliches Lächeln auf dem Gesicht. Du fragst dich, ob sie eventuell einen Liebhaber hat, der auch mit hier an Bord ist. Wer könnte das wohl sein?

Später, nach den Ermittlungen, schreibt jeder auf, wen er für den Täter hält, und dann wird der Fall gemeinsam aufgelöst.

Die Auflösung

Die meisten Morde werden, statistisch gesehen, von Menschen aus dem näheren Umfeld eines Opfers begangen. Die Motive sind oft Eifersucht, Hass oder auch Gier.

Kommen wir zunächst zu Katharina:

Eifersucht scheidet sicher aus, Kurt-Walter hatte sie schon häufig betrogen, und auch sie hatte eine Affäre mit Bruno Siebenstich.

Gier? Wäre dies ein Motiv für Katharina?

NEIN; denn Katharina bekommt zwar 300.000 Euro aus der Lebensversicherung. Fakt ist aber, dass sie bei dem Verkauf der Firma am Montag 4.000.000 Euro bekommen hätte. Warum hätte sie den Vertragsabschluss gefährden sollen?

Gordon:

Gordon war vermutlich in der Familie der einzige, der bis heute Morgen nichts vom Verkauf der Firma wusste. Heute Morgen aber hat ihm Valerie Winter die entsprechenden Unterlagen übergeben. Er hatte also die Zeit, juristische Schritte gegen den Verkauf der elterlichen Firma einzuleiten. Wenn Gordon die Nachricht heute Abend auf dem Fest erhalten hätte, wäre eine Kurzschluss- oder Affekttat nachvollziehen, so aber sicher nicht.

Werner Summer wurde von Hogenfeld beschuldigt, Geld gestohlen zu haben. Der Buchhalter war Kurt-Walter ein Dorn in den Augen, denn er hatte Konteneinsicht. Er hat immer sofort gesehen, wenn Hogenfeld sich Geld vom Firmenkonto nahm. Zuletzt waren es 30.000 Euro. Summer hat den Chef natürlich darauf angesprochen. Daher wollte Kurt-Walter ihn loswerden und hat ihm gekündigt.

Die Kündigung hätte rein rechtlich keinen Bestand gehabt. Nach so vielen Jahren der Betriebszugehörigkeit und nach dem Fehlen aller Beweise für eine Veruntreuung wäre Summer sicher weiterbeschäftigt worden. Werner Summer hat kein Motiv.

Valerie Winter, Sina und Chantal sind sicher ebenso wenig verdächtig wie Günter Grabowski.

Sie alle haben kein Motiv.

Wir wissen inzwischen, dass Hogenfeld spielsüchtig war. Er hat nicht nur in Hohensyburg gespielt, sondern leider auch in privaten Clubs. Heute Abend, dies hat er immer wieder betont, musste er unbedingt um 24:00 Uhr wieder in Düsseldorf sein. Er hatte dort eine Verabredung. Leider aber nicht mit den japanischen Geschäftsfreunden, sondern mit üblen Typen aus einem dieser privaten Spielclub. Er hatte dort hohe Schulden. Diese Typen haben vor einiger Zeit seinen Wagen demoliert. Des Weiteren hat man Kurt-Walter zusammengeschlagen; nur deshalb hat er den zwielichtigen Bruno Siebenstich engagiert.

Wir wissen weiter, dass Hogenfeld in der letzten Woche 30.000 Euro vom Firmenkonto abgehoben hat und dass 18.000 Euro durch Schecks veruntreut wurden. Macht zusammen 48.000 Euro. Was liegt also näher, als dass dies die 48.000 Euro sind, die heute Abend in der Herrentoilette gefunden wurden? Hogenfeld selbst hat seine eigenen Schecks veruntreut und wollte dies dem Herrn Summer in die Schuhe schieben.

Kurt-Walter Hogenfeld hatte also 48.000 Euro in Bargeld dabei. Dieses trug er in seiner Jacke bei sich. Der einzige, der davon wusste, war Siebenstich. In der Eingangsgeschichte hörten wir, dass Hogenfeld bei einem wilden Tänzchen mit Chantal seine Jacke dem Bruno Siebenstich zugeworfen hat. Dieser ist wegen Betrug und diverser Delikte vorbestraft. Bruno Siebenstich konnte nicht widerstehen; er griff in die Jacke und nahm das Kuvert. Dieses hat er dann auf der Toilette im Handtuchhalter versteckt, denn er musste damit rechnen, dass Hogenfeld ihn verdächtigen und durchsuchen würde.

An Deck spielte sich daraufhin folgendes ab:

Hogenfeld war mit Chantal an Deck, um ein Glas Champagner zu trinken und von der mitgenommenen Erdbeertorte zu naschen. Unterwegs verloren die beiden das Tortenmesser.

Dieses wurde kurz darauf von Sina auf der Treppe gefunden, daher hatte sie es in der Hand, als sie auf Gordon traf.

Sie legte das Messer einfach irgendwo ab.

Hogenfeld wollte eine Zigarette rauchen. Er durchwühlte seine Jackentasche und stellte fest, dass der Umschlag fort war. Er ahnte sofort, wer diesen genommen hat und lief los, um Siebenstich zur Rede zu stellen.

Kaum war er fort, kam Siebenstich um die Ecke, sah die Erdbeertorte bei Chantal und nahm diese mit; er war mit Katharina an Deck verabredet. Die beiden, also Katharina und Bruno, aßen ein Stück Erdbeertorte, dann trennten sie sich wieder. Da er kein Tortenmesser dabei hatte, nutze er einfach sein Taschenmesser zum Zerkleinern der Torte.

Hogenfeld begegnete auf seiner Suche nach Siebenstich der Sina Sonnenschein und fragte sie nach Bruno.

Danach muss er das Tortenmesser gefunden haben, welches Sina irgendwo an Deck abgelegt hatte. Er selbst hatte das Tortenmesser in der Hand, als er Bruno schließlich an Deck fand.

Er stellte seinen Bodyguard zur Rede, es gab ein Gerangel und Hogenfeld stürzte in das Messer.

Feine Verhältnisse!

7-10 Personen

Es spielen mit:

Eugen Trostmann, Dauercamper
Wally Jasinek, Dauercamperin
Gesine Habermann, Pächterin des Campingplatzes
„Waldesruh"
Irene Petterson, Seniorchefin der Reederei Petterson aus
Hamburg
Friedrich Petterson, Sohn und Geschäftsführer der Reederei
Marco Bessing, Rechtsanwalt
Lydia Bessing, geschiedene Abramowicz,
geborene Schüller

Wenn Sie mit 8 Personen spielen:

Urs Züchli, Herausgeber des „First Class Campingplace Cata-
logue"

Achtung:
Der Vorstellungstext von Urs muss auf jeden Fall vorgelesen
werden; auch wenn die Rolle nicht besetzt wird.

weitere Gastrollen:

Kommissar Carlo Schmidt
Olga, das Hausmädchen der Pettersons

Das ist passiert:

An einem herbstlichen Samstagmorgen treibt im See eines Hamburger Campingplatzes eine Leiche.

Was haben die vornehme Reederfamilie Petterson, die Platzbewohner und der Rechtsanwalt Marco Bessing mit dem Fall zu tun?

Und ist die schöne Lydia verdächtig, nur weil sie die Männer wechselt wie andere die Kleider?

Vielleicht gelingt es Ihnen, etwas Licht in diesen komplexen Fall zu bringen und den, möglicherweise aber auch die Täter, zur Stecke zu bringen!

Leicht wird es nicht, denn es geht nicht nur um den Todesfall!

Ein Wort zu den Spielregeln:

Alle Mitspieler sollten sich nahe an der Wahrheit orientieren, schwindeln darf nur der Täter.

Zwischeninformation:
In diesem Krimi gibt es für die Ermittler eine Zwischeninformation, die Sie als Gastgeber bitte ca. **20-30 Minuten nach Beginn der Ermittlungen** bekannt geben.

Dies ist die Zwischeninformation:
Die Polizei hat herausgefunden:
Ein Willi Habermann ist in Kanada nicht gemeldet; es ist auch keine Ein- oder Ausreise vermerkt.

Grundgeschichte zum Vorlesen:

Die Sonne suchte sich am Samstagmorgen gerade ihren Weg durch den Morgennebel, als der Schweizer Unternehmer Urs Züchli, Herausgeber des „First-Class-Campingplace Catalogue" aus dem für die Nacht auf dem Campingplatz Waldesruh bewohnten Cottage trat. Züchli war sportlich gekleidet mit dunkelblauem Jogginganzug, einer ebenfalls blauen Kappe und passendem Wollschal. Tief sog er die frische Herbstluft in seine Lungen. Dann absolvierte er munter ein paar Kniebeugen und band sich behände die Laufschuhe zu. Anschließend ging er fröhlich pfeifend ein Appartement weiter. Dort klopfte er laut an die helle Holztür.

„Susanne?", rief er munter, „Joggingzeit!" Hinter der Türe blieb es still.
Züchli wartete einen Moment, klopfte erneut und presste ein Ohr an die Türe: Nichts!
Der Unternehmer sah auf seine Schweizer Präzisionsuhr! Diese zeigte 05:33 Uhr.

Er lauschte noch einmal an der Türe und entschloss sich schließlich, alleine aufzubrechen.

Zunächst ging es über die große Wiese mit den Spielgeräten, dann führte ihn sein Weg links ab über einen kleinen Wanderpfad Richtung See. Urs Züchli sah sich während des Laufens gründlich um.

Die gesamte Anlage des Campingplatzes Waldesruh machte einen gepflegten und modernen Eindruck auf ihn. Zufrieden lief er weiter. Kurz bevor er zum See kam, bremste er plötzlich abrupt ab. Ungläubig und staunend blickte er auf eine Parzelle, die sich in bemerkenswerter Extravaganz vor ihm auftat.

Da stand, in allerbester Lage, umzäunt von einem nach Anstrich lechzendem Jägerzaun, ein natogrün lackierter Wohnwagen mit einem bereits an diversen Stellen geflickten, grauen Vorzelt. Eine gewaltige Satellitenschüssel zierte das Dach. Gleich daneben grasten 4 braune Plastikrehe, deren Farbe bereits hier und da abblätterte; still beobachtet von einer Gruppe rotbemützter, teils mit Laternen, teils mit Schüppen ausgestatteter Gartenzwerge. Ein selbst gebastelter Grill aus Hangflorsteinen rundete diese Komposition des Graues gekonnt ab.

Der Schweizer betrachtete das kleine Grundstück eine ganze Weile ... dann lief er, kopfschüttelnd, leicht irritiert und in Gedanken versunken, weiter.

Nach gut 30 Metern gelangte er auf den Weg zum See. Erneut sog er die Lungen voll; am frühen Morgen war die Luft einfach herrlich. An einem Baumstumpf machte er kurz Rast; er merkte, dass er etwas aus der Übung war.

Sein Blick wanderte über das Wasser im Morgennebel und blieb schließlich am Schilf, ganz in Ufernähe, hängen. Herr Züchli trug normalerweise eine Brille. Beim Joggen störte diese, insofern lag sie jetzt, sorgsam verpackt, im silbergrauen Etui im Appartement. Etwas Rotes im Wasser zog seinen Blick an.

War es ein Luftballon? Um besser sehen zu können, trat er näher ans Ufer und … erschrak aufs Heftigste. Das Rote entpuppte sich als Joggingjacke und in dieser Jacke steckte, auf dem Bauch treibend, ein menschlicher Körper. Urs Züchli zögerte nicht lange. Mit wenigen Sprüngen war er im Wasser und zog die Jacke nebst Inhalt zum Ufer.

Zu seiner Überraschung eilte ihm plötzlich ein Mann zu Hilfe, der, ebenfalls über den Waldweg kommend, beherzt ins Wasser sprang.

Gemeinsam zerrten sie den Körper ins Trockene und Züchli drehte ihn mit Schwung herum. Entsetzt wich er zurück: Vor ihm lag Susanne Ohlsen, seine Assistentin.
Fassungslos sah er auf ihr bleiches und erstarrtes Gesicht. Sie war mausetot, daran gab es keinen Zweifel.
Der andere Mann stand völlig regungslos neben ihm; auch er starrte auf die Tote hinunter und sagte kein Wort.
Dann drehte er sich um und rannte davon, als würde es um sein Leben gehen.

Der Rechtsanwalt Marco Bessing lud soeben sein Golfpack aus seinem schicken Sportwagen am noblen Hamburger Golfclub, als sein Handy klingelte. Ein Blick auf das Display verriet ihm, dass seine Sekretärin am Apparat war.
„Johanna", meldete er sich und lauschte in den Hörer. „Was gibt's?" Bessing lauschte konzentriert; dann beendete er das

Gespräch, packte die Schläger wieder ein und fuhr zum Polizeipräsidium. Gut 1/2 Stunde später stand er im Büro von Kommissar Carlo Schmidt.

Dieser berichtete kurz.

„Wir haben eine weibliche Leiche. Sie wurde aus dem See am Campingplatz Waldesruh gefischt. Es handelt sich um eine schweizerische Staatsbürgerin mit Namen Susanne Ohlsen."

Sein Blick wanderte zu einem Mann, der, durch eine Glasscheibe sichtbar, im Nebenraum an einem Schreibtisch saß und reglungslos vor sich hin starrte.

„Dieser Herr war auf dem Campingplatz unterwegs. Er hat die Leiche gemeinsam mit einem Urs Züchli aus dem See geborgen. Als die Polizei eintraf, wollte er sich einer Befragung entziehen. Er weigert sich, seine Identität preiszugeben. Wie Sie sehen, ist er nur mit einem Jogginganzug bekleidet; Papiere hatte er nicht dabei. Er spricht, wie er sagt, nur mit Ihnen. "

Schmidt trat mit Bessing an die Glasscheibe.
„Kennen Sie den Mann?"
„Das kann ich Ihnen erst nach einem Gespräch mit ihm sagen", erklärte der Anwalt. „Haben Sie sonst noch was? Was wissen Sie über die Tote?"
„Sie ist mit ihrem Chef, eben diesem Herrn Züchli, gestern Abend auf dem Campingplatz angereist. Herr Züchli gibt einen Campingplatzführer heraus. Und der Campingplatz Waldesruh sollte eventuell in diesem Katalog aufgenommen werden. Er sagt, er hat Frau Ohlsen gestern Abend, beim Abendessen zuletzt gesehen. Die Obduktion steht noch aus,

aber die Tote hat eine große Kopfwunde. Es sieht so aus, als sei sie mit einem harten Gegenstand niedergeschlagen worden. Entweder ist sie an dem Schlag gestorben oder später ertrunken. Todeszeitpunkt war vermutlich 01:58 Uhr; um die Zeit ist zumindest die Uhr von Frau Ohlsen stehen geblieben. Wir gehen davon aus, dass beim Sturz in den See Wasser ins Gehäuse gedrungen ist."

„Haben Sie die Tatwaffe?"
Der Kommissar schüttelte den Kopf.
„Nein. Gefunden haben wir bisher nichts Entsprechendes."

Als Bessing nach einer halben Stunde das Vernehmungszimmer verließ, kam ihm Kommissar Schmidt gleich entgegen. „Und? Wer ist dieser Mann? Wir bekommen eh raus, wer er ist und ob er was mit der Toten zu tun hat. Es wäre besser, er erklärt es uns selbst."

„Ich habe meinem Mandanten geraten, seine Identität preiszugeben; aber er macht von seinem Aussageverweigerungsrecht Gebrauch", führte Bessing aus.

„Dann werden wir ihn vorerst hier behalten!"
Der Anwalt nickte. „Das nimmt er in Kauf!"

Liss Palmer, eine Kollegin von Schmidt, betrat den Raum.
„Es gibt Neuigkeiten von der Toten am See", erklärte sie und wedelte mit einem Ausweis. „Diese Susanne Ohlsen ist mit gefälschten Papieren gereist. Wer auch immer sie ist: eine Susanne Ohlsen gibt es nicht."

Schmidt sah Bessing fragend an:
„Wir haben also eine Tote mit falscher Identität und einen Verdächtigen, der nicht sagen will, wer er ist. Was sagen Sie

dazu?"

„Was soll ich dazu sagen? Ich fürchte, da kommt eine Menge Arbeit auf Sie zu", stellte Bessing nüchtern fest, nahm seine Aktentasche und verließ das Polizeipräsidium.

Es war bereits später Nachmittag, als Gesine Habermann mit dem Fahrrad über den Campingplatz fuhr. An der Parzelle von Eugen Trostmann und Wally Jasinek blieb sie stehen. Zwischen dem Wohnwagen und einem Baum, hinten am Gemüsebeet, hatte Eugen vor Wochen eine Wäscheleine gespannt. Nun stand Wally mit einem Korb auf der Wiese und hängte Wäsche auf. Graue lange Unterhosen, diverse Handtücher und rosarote Bettwäsche zappelten bereits im Herbstwind.

„Kannst du nicht den Trockner benutzen?", rief Gesine und trat an den Jägerzaun.
Wally drehte sich herum. „Ach, du bist es. Nee, an der Luft getrocknet riecht die Wäsche doch viel besser!"
Sie bückte sich zum Korb und nahm das nächste Wäschestück heraus. „Gibt es schon was neues, wegen dieser Frau im See?", fragte sie über die Schulter. „Ist sie ertrunken?"
Gesine schüttelte den Kopf. „Die Polizei ermittelt wohl noch. Aber deswegen bin ich nicht hier!"
Wally steckte die Hände in ihre Kittelschürze und kam einen Schritt näher. „Was gibt's denn?"
Gesine räusperte sich.
„Es geht um eure Parzelle hier. Du weißt ja, dass dieser Herr Züchli den Platz in seinen Katalog aufnehmen möchte!"

Eugen Trostmann erschien in der Türe des Vorzeltes.
„Ja, und was ist damit?", rief er und kam langsamen Schrittes auf Gesine zu.

144

„Nun, er möchte den Platz nur aufnehmen, wenn ihr diese Parzelle ganz schwer auf Vordermann bringt!"
Eugen zog eine Augenbraue hoch.
„Ganz schwer auf Vordermann? Was meint er denn damit?" Eugen sah sich um. „Hier ist doch alles tippitoppi!"
Gesine stieg vom Rad.
„Auf Vordermann heißt zum Beispiel, dass ihr den Grill hier abbaut, die Satellitenschüssel vom Dach entfernt, die Plastik-rehe und die Zwerge einräumt und ..."

An dieser Stelle unterbrach Eugen Gesine.
„Fängst du schon wieder damit an? Weißt du, wie viel Mühe und Arbeit ich hier rein gesteckt habe? Wieso meckerst du ständig daran rum?"
Gesine schüttelte den Kopf. „Ich meckere nicht. Es wäre aber hilfreich, wenn ihr euch dem Rest des Platzes angleichen würdet. Eure Parzelle ist, wie soll ich sagen, ein Schandfleck. Der Grill, die Rehe, der Zaun, all das ist einfach geschmacklos und passt überhaupt nicht zum Rest des Platzes."

Eugen wendete sich empört ab.
„Kein Wunder, dass dein Willi vor Jahren mit einer Urlauberin durchgebrannt ist. Du bist und bleibst eine Meckerziege!" Mit diesen recht deutlichen Worten stampfte er wütend zurück in den Wohnwagen.

Liss Palmer saß an ihrem Schreibtisch und lauschte in den Hörer.
„Seid ihr ganz sicher?", fragte sie ungläubig und gab ihrem Kollegen Carlo, der gerade das Zimmer verlassen wollte, ein Zeichen zu bleiben. Sie lauschte noch einen Moment, verab-schiedete sich von ihrem Gesprächspartner und legte auf.

„Die Kollegen haben die Tote vom See identifiziert."

Carlo horchte auf. „Und, wer ist es?"

„Das ist eine Barbara Petterson. Und jetzt halt dich fest: Barbara Petterson wurde vor 2 Jahren entführt und ist seither spurlos verschwunden."

Carlo kam näher und setzte sich an seinen Schreibtisch.

„Barbara Petterson? Soweit ich mich erinnere, ist sie eines Abends, nach dem Besuch eines Fitness-Studios, entführt worden. Trotz Lösegeldzahlung ist sie nie wieder aufgetaucht."

Liss nickte. „Ja, und wir hatten ihre DNA noch im System, falls mal ihre Leiche gefunden wird."

„Na, das ist jetzt ja eingetreten", sagte Schmidt und griff nach seiner Jacke.

„Ja, aber die Umstände sind doch wohl sehr merkwürdig, oder? Was hat es zu bedeuten, dass sie die letzten 2 Jahre unter falschem Namen gelebt hat?"

„Keine Ahnung. Auf jeden Fall sollten wir den Ehemann informieren. Suchst du mal die Anschrift raus?"

Irene Petterson, die Seniorchefin der Reederei saß im Salon an einem Biedermeier-Tischchen, als Carlo Schmidt und Liss Palmer von einem Hausmädchen herein geführt worden.

Zu ihrer Überraschung hatte Irene bereits Besuch; Marco Bessing stand am großen Fenster des Raumes und sah hinaus in den riesigen Garten.

„Was machen Sie denn hier?", fragte Schmidt, nachdem er die Unternehmerin begrüßt hatte.

„Ich mache, wie Sie unschwer erraten werden, einen Besuch", erklärte Bessing. „Und Sie?"

„Wir haben Neuigkeiten zu der Toten im See. Sie betreffen die Familie Petterson!" Fragend sah er Bessing an. „Sie haben uns wohl nichts dazu zu sagen?"

Bessing blieb die Antwort schuldig und stellte sich hinter Irene. Schmidt beobachtete den Anwalt noch einen Moment, dann richtete er das Wort an Frau Petterson:

„Wir möchten zu Ihrem Sohn. Ist er im Hause?"

Irene schüttelte den Kopf. „Nein, Friedrich ist nicht hier. Ich weiß auch nicht, wann er kommt. Um was geht es denn?"

„Eigentlich würde ich das zunächst lieber mit ihrem Sohn besprechen. Aber gut. Wir haben heute Morgen die Leiche Ihrer Schwiegertochter Barbara gefunden. Sie lag tot in einem See, ganz hier in der Nähe, am Campingplatz Waldesruh!"

Irene Petterson schien einen kleinen Moment erschrocken, dann fing sie sich wieder.

„Sie haben Barbara jetzt, 2 Jahre nach ihrer Entführung, tot aufgefunden?", stellte sie dann, völlig in Gedanken versunken, fest. „Ist sie damals schon ..." Sie suchte nach den richtigen Worten. „Ist sie damals schon umgebracht worden? Also, gleich nach der Entführung?"

Liss schüttelte den Kopf. „Nein. So wie es aussieht, hat sie die letzten 2 Jahre unter falschem Namen in der Schweiz gelebt!"

„Dachte ich es mir doch!", zischte Irene und stand auf. „Mir war damals direkt klar, dass Barbara alles nur vorgetäuscht hat!" Dann dreht sie sich herum und sah Liss an. „In einem See, sagen Sie? Ist sie ertrunken?"

Liss schüttelte erneut den Kopf. „Nein, sie wurde gestern Nacht, gegen 02:00 Uhr, niedergeschlagen. Vermutlich fiel sie daraufhin in den See; dort ist sie ertrunken."

„Kein schöner Tod", murmelte Irene und trank einen Schluck Tee.

„Sie wäre ohnehin bald gestorben", stellte Liss Palmer trocken fest.

Bessing sah verwundert auf. „Wie meinen Sie das?"

„Nun, bei der Obduktion wurde festgestellt, dass Barbara

Petterson, alias Susanne Ohlsen, unter einer unheilbaren Krankheit litt. Sie hatte höchstens noch ein paar Monate!"
Schmidt wandte sich Irene zu.
„Wann erwarten Sie Ihren Sohn Friedrich zurück?"
Die Reederin zuckte mit den Schultern. „Das weiß ich nicht. Vielleicht ist er bei seiner Freundin."
„Er hat eine Freundin? Haben Sie die Adresse?"
Liss Palmer zückte ihr Notizbuch.
Irene lachte kurz auf und sah Marco Bessing an.
„Wollen Sie die Fragen beantworten, Marco?"
Der Anwalt räusperte sich. „Nun, die Freundin von Friedrich Petterson ist Lydia ... Bessing. Meine Ex-Frau!"

Einen Moment herrschte betretenes Schweigen, dann gab Marco die Anschrift von Lydia weiter, und Liss Palmer notierte diese. Anschließend zückte sie ein Foto aus ihrer Tasche und reichte es Irene:
„Dieser Mann hier wurde heute Morgen von uns festgenommen. Es kann sein, dass er was mit dem Tod Ihrer Schwiegertochter zu tun hat. Kennen Sie ihn?"
Einen Moment schwieg Irene. Dann ging sie zum Sofa und setzte sich. Sie räusperte sich bevor sie sprach:
„Das", sagte sie gefasst und sah in die Runde, „das ist mein Sohn Friedrich!"

Pause – Wenn Sie ein Gänge-Menü vorbereitet haben, ist jetzt Zeit für den Hauptgang.

Später, im Polizeipräsidium.

„Was haben wir bisher?", fragte Carlo seine Kollegin und nahm sich einen Kaffee aus der Maschine. Liss fasste zusammen:
„Eine Frau wird vor 2 Jahren entführt, verschwindet nach der Lösegeldzahlung spurlos und taucht nun frisch ermordet auf einem Campingplatz wieder auf. Der Ehemann, ein reicher Reeder aus Hamburg, fischt sie aus dem See und verschweigt danach seine Identität bei der Polizei. Die Tatwaffe, laut KTU eine Eisenstange oder ähnliches, ist verschwunden."

Carlo tippte mit einem Kugelschreiber auf seiner Schreibtischunterlage herum.
„Dieser Campingplatz geht mir nicht aus dem Kopf. Ich habe mich da heute mal umgehört."
Liss horchte auf. „Und? Irgendwas Besonderes?"
„Meine Nase sagt mir, dass da was nicht stimmt und dass die Leiche nicht zufällig dort gefunden wurde! Ich möchte alle hier haben, die mit dem Fall zu tun haben!"
„Wen konkret laden wir vor?"
Liss sah ihren Kollegen fragend an.
„Nun, ich denke, Irene und Friedrich Petterson, Marco und Lydia Bessing, diesen Eugen Trostmann und seine Partnerin Wally Jasinek, Gesine Habermann und Herrn Urs Züchli."
„Lydia Bessing, Gesine Habermann, Eugen Trostmann und Wally Jasinek?" Liss zog eine Augenbraue hoch. „Was sollen die denn damit zu tun haben?"
Schmidt lächelte. „Ich folge einfach meiner Intuition. Lade alle hierher vor, und dann schauen wir mal, was wir über den Mord herausfinden können."

Friedrich Petterson
Vorstellungstext, bitte als 1. laut in der Runde vorlesen:

Ich habe meine Identität bei der Polizei bewusst verschwiegen, denn mir war klar, dass ich sofort unter Verdacht geraten und die Polizei in keine andere Richtung mehr ermitteln würde. Ich weiß, dass es nicht sehr glaubhaft ist, aber ich war rein zufällig auf dem Platz joggen. Das mache ich öfter, dort am See kann man extrem gut laufen.

Ich habe Barbara vor zweieinhalb Jahren bei einem Urlaub in Ibiza kennen gelernt.

Damals war ich mit Lydia liiert. Aber als ich Barbara begegnete, wusste ich sofort, dass ich diese Frau heiraten wollte. Ich habe mich noch auf Ibiza von Lydia getrennt und Barbara kurze Zeit später hier in Hamburg geheiratet. Zwei Monate nach der Hochzeit wurde sie dann auf dem Heimweg vom Fitness-Studio entführt. Es ging alles sehr schnell; ich habe schon einen Tag später 3 Millionen Euro Lösegeld gezahlt, die mein Anwalt, Marco Bessing, für mich übergeben hat. Die Polizei und Mutter habe ich erst nach der Lösegeldübergabe informiert. Genauso stand es in der Forderung der Entführer. Ich habe exakt nach Anweisung gehandelt, trotzdem ist meine Frau nie wieder aufgetaucht. In der Folgezeit habe ich mehrere Detektivbüros beauftragt, ihr Schicksal zu klären.

Ich bin davon ausgegangen, dass sie tot ist, wollte aber unbedingt Gewissheit haben. Niemals hätte ich geglaubt, dass sie selbst hinter der Entführung steckt, auch, wenn mir dies von anderer Seite immer wieder eingeredet wurde.
Der Schreck heute Morgen war unglaublich. Ich bin kopflos davon gerannt und habe mich auf diesem Campingplatz verlaufen. Irgendwann war die Polizei da und wollte meine

Personalien. Den Rest wissen Sie. Ich habe Barbara nicht getötet. Das müssen Sie mir einfach glauben.

Inzwischen bin ich wieder mit Lydia Bessing liiert. Das mag seltsam auf Sie wirken, aber ihre Ehe mit Marco war ein Irrtum oder auch eine Trotzreaktion auf meine Ehe mit Barbara. Wir alle sind, wie man es in unseren Kreisen auch erwarten kann, trotzdem gute Freunde geblieben.

Geheimtext Friedrich:
Weitere Informationen für dich! Du darfst von all diesem Wissen in der Ermittlungsrunde Gebrauch machen!

Du warst noch nie auf diesem Platz joggen. Wer dich kennt, weiß, dass du immer an der Alster joggst.
Du warst auch nicht zufällig auf dem Campingplatz.

Vorige Woche Montag hast du einen Brief von einem Detektiv bekommen. Er berichtete dir, dass er Barbara ausfindig gemacht hat und dass sie dieses Wochenende geschäftlich auf den Campingplatz kommt. Barbara ging früher jeden Morgen joggen und du hofftest, dass sie diese Gewohnheit nicht abgelegt hat. Daher bist du am frühen Morgen hingefahren. Dein Auto hast du weit weg geparkt. Der Rest war wie erzählt.

Du hast Züchli geholfen, die Person aus dem Wasser zu ziehen. Als du in der Leiche Barbara erkanntest, bist du in Panik über den Platz gerannt, hast dich total verlaufen und dann kam auch schon die Polizei.

In den vergangenen 2 Jahren gab es viele Hinweise auf den Verbleib von Barbara. Leider waren alle Informationen bisher immer falsch.

Die 3 Millionen Euro Lösegeld waren genau die Summe, über die du ohne zweite Unterschrift vom Firmenkonto verfügen konntest. Das war Insiderwissen. Irene, Barbara und Marco Bessing als euer Firmenanwalt konnten davon wissen.

Irene ist nicht deine leibliche Mutter; dein Vater hat sie nach dem Tod deiner richtigen Mutter geheiratet, damals warst du 7 Jahre alt.

Bevor dein Vater Irene geheiratet hat, war sie Frisöse in einem billigen Salon, nahe der Reeperbahn; sie ist nicht eine ganz so feine Dame, wie sie vorgibt. Leider hat dein Vater versäumt, rechtzeitig ein Testament zu deinen Gunsten zu machen; insofern wurden ihr, wohl mehr aus Versehen, 50% der Reederei vererbt.

Irene fährt eine Audi-Limousine, Kennzeichen HH-IP…; dies ist später noch wichtig.

Sie war von Montag bis Freitag verreist; du glaubst, dass sie einen neuen Freund hat, denn neuerdings gibt sie sich besonders viel Mühe mit ihrem Aussehen und wirkt irgendwie glücklicher als sonst.

Lydia: Du fragst dich, warum sie dir ein Alibi gegeben hat. Tatsache ist, dass du letzte Nacht nicht bei ihr übernachtet hast. Du warst viel zu aufgeregt und hast den Abend alleine in deiner Wohnung in der Villa verbracht.

Bedenke:
Dadurch, dass Lydia dir ein Alibi gibt, hat sie selbst natürlich

auch eines. Sie hat Barbara gehasst, soviel steht fest.

Sprich das falsche Alibi an. Du bist schließlich unschuldig.

Du fragst dich, ob Lydia den Brief von dem Detektiv gelesen hat. Er lag von Montag bis Donnerstag in deiner Wohnung. Erst danach hast du ihn vernichtet.

Es kann also sein, dass Lydia wusste, dass Barbara zum Campingplatz kommen würde.

Lydia hat dich schon mehrfach gedrängt, Barbara für tot erklären zu lassen, damit ihr heiraten könnt.

Du hast dich bisher aber immer geweigert.

Später, nach den Ermittlungen schreibt jeder auf, wen er für den Täter hält, und dann wird der Fall gemeinsam aufgelöst.

Irene Petterson,
Seniorchefin der Reederei Petterson
Vorstellungstext, bitte nach Friedrich laut in der Runde vorlesen:

Mein Mann ist schon vor vielen Jahren verstorben. Friedrich und ich haben die Reederei zu je 50% geerbt. Leider hat Friedrich überhaupt kein Händchen für die richtige Frau an seiner Seite. Wir haben gesellschaftliche Verpflichtungen und ich wünschte, er würde darüber einmal nachdenken. Diese Barbara hat ihm damals total den Kopf verdreht und sein sonst so brillantes Urteilsvermögen eingetrübt. Er hat im angeblichen Entführungsfall völlig naiv gehandelt. Wenn er die Polizei oder wenigstens mich eingeschaltet hätte, wäre Barbara seinerzeit sofort überführt worden. Es ist doch wohl spätestens jetzt allen klar, dass sie die Entführung selbst vorgetäuscht hat. Ich habe das immer geahnt, aber mir glaubte ja keiner. Die Frage ist, ob sie damals alleine gehandelt hat oder ob sie Komplizen hatte. Es ist ein Jammer, dass Friedrich bei Frauen immer so sehr danebengreift; da kommt er wirklich nicht nach seinem Vater.

Lydia ist ja auch so ein Schätzchen. Sie trinkt zum Frühstück Champagner, feiert in Clubs und ist irgendwie zu nichts richtig nutze. Außerdem war sie schon 2 mal verheiratet! Das sind Zeiten heute, also ich kann nur den Kopf schütteln.
Ich fürchte, jetzt, wo Barbara tot ist, strebt Lydia die Ehe Nr. 3 an. Friedrich sollte sich das wirklich gut überlegen!
Ich habe selbstverständlich nichts mit dieser Angelegenheit zu tun und frage mich, was ich hier soll. Ich war übrigens die letzte Woche von Montag bis Freitag bei einer Freundin in München. Wäre ich nur ein bisschen länger geblieben, dann müsste ich jetzt nicht hier sitzen.

Geheimtext Irene:

Weitere Informationen für dich! Du darfst von all diesem Wissen in der Ermittlungsrunde Gebrauch machen!

Du bist nicht die leibliche Mutter von Friedrich, sondern seine Stiefmutter. Der Reeder Petterson hat dich geheiratet, da war Friedrich 7 Jahre alt; die Mutter war verstorben. Du bist nicht eine ganz so feine Dame, wie du vorgibst. Vor deiner Hochzeit mit dem Reeder warst du Frisörin auf der Reeperbahn. Seit dem Tod deines Mannes vor vielen Jahren hattest du bereits heimlich diverse Liebschaften, die dich auch manches an Geld gekostet haben. Ein glückliches Händchen für Männer hast du also auch nicht.

Nun zu unserem Fall:

3 Millionen Euro Lösegeld waren genau die Summe, über die Friedrich vom Firmenkonto ohne zweite Unterschrift verfügen konnte. Das war Insiderwissen, soviel steht fest. Barbara, Friedrich, der Firmenanwalt Bessing und du wussten dies. Ist es Zufall, dass genau diese Summe Lösegeld verlangt wurde? Stell dies zur Diskussion.

Friedrich hat letzte Woche Montag einen Brief von einer Detektei bekommen. Das weißt du von eurem Hausmädchen. Danach war er, wie sich das Mädchen ausdrückte, „völlig durch den Wind".

Was stand in diesem Brief? Frage Friedrich danach und lass nicht locker, bis er es erzählt hat.

Friedrich hat über die letzten 2 Jahre ein Vermögen ausgegeben, um Barbaras Schicksal zu klären. Dass er zufällig dort am

See joggen war, ist Unsinn. Er läuft immer an der Alster, aber niemals an diesem See.

Eugen Trostmann ist kein Unbekannter für dich. Er war bis zu seinem Ruhestand als technischer Mitarbeiter in aller Welt für eure Reederei beschäftigt.

Vor einigen Wochen hast du ihn zufällig in der Stadt getroffen und ihr seid in ein Café gegangen. Du hast dich im Anschluss auf eine Affäre mit ihm eingelassen, und er hat dich auch nach München begleitete. Gestern Nacht habt ihr euch in der Zeit von 23:30 bis 00:30 Uhr wieder einmal hier auf dem Campingplatz am Badehaus getroffen. Das macht ihr seit einiger Zeit so.

Du warst zur Tatzeit schon wieder zu Hause. Auf dem Heimweg bist du zirka gegen 00:45 Uhr an einem Nachtclub vorbei gekommen. Es ist ein Hamburger In-Club. Lydias Porsche stand vor der Türe. Friedrich hasst diese Clubs; es ist nicht davon auszugehen, dass er mit ihr dort war.

Warum sagt sie, dass Friedrich die ganze Nacht bei ihr war? Frag sie danach.

Lydia hat Friedrich schon mehrfach in deinem Beisein gebeten, Barbara für tot erklären zu lassen. Er galt ja nach wie vor als verheiratet und konnte keine neue Ehe eingehen. Für sie ist Barbaras Tod also von Vorteil, denn nun ist der Weg frei in den Ehehafen.
Dein Auto, eine Audi-Limousine, hat das Kennzeichen HH-IP .... Es kann sein, dass du danach gefragt wirst.

Nach den Ermittlungen schreibt jeder auf, wen er für den Täter hält, und später lösen wir den Fall gemeinsam auf.

Rechtsanwalt Marco Bessing
Vorstellungstext, bitte nach Irene laut in der Runde vorlesen:

Mein Name ist Bessing, ich habe mich vor 3 Jahren mit einer Praxis in der Elbchaussee als Anwalt niedergelassen und bin außerdem der Firmenanwalt von der Reederei Petterson. Als die Polizei heute in die Villa Petterson kam, war ich gerade 5 Minuten vorher eingetroffen. Ich konnte Frau Petterson daher nicht entsprechend auf alles vorbereiten. Friedrich hatte mich am Morgen gebeten, sie einzuweihen, damit sie ihn nicht als vermisst meldet. Er wollte ja, so lange wie möglich, unerkannt bleiben. Seine Gründe sind sicher nachvollziehbar, er wäre doch sofort unter Mordverdacht geraten und die Polizei hätte die Ermittlungen vorschnell eingestellt.

Er rief mich damals, gute 3 Monate nach seiner Blitzhochzeit mit Barbara, sehr aufgeregt an und erklärte mir, seine Frau sei entführt worden. Die Polizei wollte er nicht einschalten, um das Leben von Barbara nicht zu gefährden. Der Weisung der Entführer folgend habe ich das Lösegeld eine Nacht später aus einem fahrenden Zug geworfen.

Trotzdem tauchte Barbara nicht mehr auf. Friedrich wartete noch einmal 24 Stunden, dann endlich hat er, auf mein massives Drängen hin, die Polizei eingeschaltet. So ging den Ermittlern viel wertvolle Zeit verloren. Er wollte die ganzen Jahre nie wahr haben, dass sie eventuell selbst hinter dieser Entführung steckte und hat immer an ihre Unschuld geglaubt. Seine Enttäuschung muss jetzt wirklich grenzenlos sein. Mehr kann ich Ihnen nicht zu diesem Fall hier sagen, außer, dass wir wohl beide kein Glück mit Frauen haben.

Geheimtext Marco Bessing:

Weitere Informationen für dich! Du darfst von all diesem Wissen in der Ermittlungsrunde Gebrauch machen!

Du, lieber Anwalt, bist heute Abend unser Täter!

Du hast dich damals auch heftig in Barbara verliebt. Ihr habt eine Affäre begonnen und gemeinsam den Plan der Entführung geschmiedet, denn auch du benötigtest dringend Geld. Du hattest dich mit der Praxis in der Elbchaussee total übernommen. Die Miete ist horrend und außer der Reederei gab es noch nicht so viele gute Klienten wie heute. In der Lösegeldforderung wurdest du als Überbringer der 3 Millionen Euro benannt, damit ihr über alle Schritte von Friedrich informiert ward. So wusstet ihr auch, dass er die Polizei nicht eingeschaltet hatte. Alles war ganz einfach. Ihr habt das Lösegeld geteilt und Barbara tauchte ab.

Du hast dann später Lydia geheiratet. Diese Ehe hat dich viel Geld gekostet, denn Lydia ist recht maßlos. Sie gibt das Geld mit vollen Händen aus. Handtaschen für 1000,00 Euro sind für sie an der Tagesordnung. Einmal hat sie sogar ein Rennpferd gekauft für 80.000 Euro (Winning-Son) oder einen Porsche für 120.000 Euro bestellt. Auf Dauer konntest du dir eine solche Frau nicht leisten.

Eure Scheidung war reine Formsache. Leider musstest du ihr noch 500.000 Euro Abfindung zahlen, diese hast du von deinem Nummern-Konto aus der Schweiz genommen.

Vorgestern rief Barbara dich plötzlich völlig überraschend an und wollte dich treffen. Ihr habt euch für die Nacht am See verabredet. Du bist gegen 01:45 Uhr zum Campingplatz gefahren, hast abseits geparkt und einen Golfschläger aus dem

Auto mitgenommen; schließlich war es stockdunkel und man weiß ja nie, wer so alles auf einem Campingplatz herumlungert.

Barbara erwartete dich am See. Sie erklärte dir, sie habe ihren Teil vom Lösegeld bereits verlebt und benötige neues Geld. Du solltest ihr 300.000 Euro zahlen, sonst würde sie die Polizei darüber informieren, dass du damals an der Entführung beteiligt warst. Dies hätte dein berufliches und gesellschaftliches Aus bedeutet. Dein Argument, auch sie käme bei einer solchen Aussage ins Gefängnis, hat sie belächelt. Es hat sie überhaupt nicht interessiert. Jetzt weißt du natürlich auch warum: Sie war todkrank und hatte nicht mehr lange zu leben. Ihr seid in Streit geraten und schließlich hast du Barbara mit dem Golfschläger niedergeschlagen. Sie taumelte in den See, und dort hast du sie liegen lassen. Danach bist du sofort zurückgefahren in deine Wohnung.

So kannst du von dir ablenken:

Gesine Habermann hat dir eben den Vertrag mit Eugen Trostmann gezeigt. Du hast festgestellt, dass Trostmann zwar ein lebenslanges Bleiberecht auf dem Platz hat. Eine bestimmt Parzelle darf er aber nicht belegen. Gesine kann die Trautmanns insofern in die letzte Ecke des Platzes verlegen lassen.

Das kannst du ihr gleich erzählen, sicher freut sie sich darüber. Andererseits hätte sie darauf auch alleine kommen können; der Vertrag ist hier sehr deutlich. Warum hat sie Trostmann bisher verschont?

Hat sie ihren Mann Willi mal als vermisst gemeldet? Frag sie das!

Hier auf dem Campingplatz ist die Idylle trügerisch! Soviel steht fest.

Die Mutter von Wally Jasinek putzt bei dir die Praxis. Sie hat dir erzählt, dass ihre Tochter Wally ein Verhältnis mit einem Campingplatzunternehmer hatte. Dieser habe sie dann aber wegen einer anderen Frau sitzen lassen. Ob damit Willi Habermann gemeint war?

Und wenn es Willi war, wussten Gesine und Trostmann, dass Willi und Wally ein Verhältnis hatten? Frag das einmal nach!

Diese Information kann dir helfen, für Verwirrung zu sorgen.

Lege auf keinen Fall ein Geständnis ab.
Nach den Ermittlungen schreibt jeder auf, wen er für den Täter hält, und später lösen wir den Fall gemeinsam auf.

Lydia Bessing,
geschiedene Abramowicz, geborene Schüller
Vorstellungstext, bitte nach Marco laut in der Runde vorlesen:

Ich habe mit 21 einen Russen namens Abramowicz geheiratet. Die Ehe hielt nur 4 Monate. Damals war ich jung und dumm. Später habe ich dann Foffi, also Friedrich, kennen gelernt. Alles ging gut, bis wir damals nach Ibiza geflogen sind. Als Foffi sich wegen Barbara von mir trennte, war ich wütend und verletzt. Marco hat mich so schön getröstet, dass ich ihn geheiratet habe, aber das war wieder so ein Irrtum, wie damals mit Abramowicz. Jetzt bin ich endlich wieder mit Foffi zusammen, und das ist wirklich gut so. Er braucht mich einfach, vor allem jetzt, in dieser schwierigen Situation. Barbara war eben ein Ausrutscher. Eine starke Frau hält so was aus und verzeiht den Fehltritt anschließend.

Barbara, alias Susanne, hat Foffi ausgenutzt und ausgenommen. Mir war das gleich klar, als wir sie kennen gelernt haben, aber Foffi wollte mir ja nicht glauben.

Ausnahmsweise war ich in diesem Punkt einmal mit seiner Mutter Irene einer Meinung.

Barbara wollte von Anfang an nur eines: das Geld der Familie Petterson. 3 Millionen hat sie ja durch die vorgetäuschte Entführung auch bekommen. Ich frage mich, warum sie zurück nach Deutschland gekommen ist. Das Risiko, hier erkannt zu werden, war doch recht groß. Die Reederei ist ja gleich hier in der Nähe und der Fall ging damals lange durch die Presse.

Foffi war übrigens die ganze letzte Nacht bei mir. Er hat für die Tatzeit also ein Alibi. Es wäre daher hilfreich, wenn Sie nicht weiter in diese Richtung ermitteln, sondern den richtigen Täter suchen. Zu mir gibt es weiter nicht viel zu berichten.

Geheimtext Lydia:
Weitere Informationen für dich! Du darfst von all diesem Wissen in der Ermittlungsrunde Gebrauch machen!

Friedrich (Foffi) hat nicht bei dir übernachtet, du hast ihm also ein falsches Alibi gegeben, weil du glaubst, dass er es dringend braucht. Foffi hat nämlich am Montag einen Brief von einem Detektiv bekommen, den du heimlich gelesen hast. Dieser Detektiv hat ihm mitgeteilt, dass er die verschollene Barbara in der Schweiz gefunden hat und dass sie an diesem Wochenende auf den Campingplatz Waldesruh kommen würde. Foffi dachte also, dass Barbara hier sein würde. Insofern war er absichtlich dort und nicht zufällig.
Außerdem: Wenn er joggt, läuft er immer an der Alster.

Du selbst hast kein Wort aus diesem Brief geglaubt, denn es gab in den vergangenen Jahren immer wieder solche Informationen zum Verbleib von Barbara, die sich stets als falsch herausgestellt haben. Leider hat Friedrich es jedes Mal geglaubt. Er hat schon ein Vermögen für die Suche nach seiner Frau ausgegeben.

Du hast Barbara wirklich gehasst. Alle Männer flogen auf sie. Auch Marco hatte damals eine Schwäche für sie, das war nicht zu übersehen, und das kannst du ruhig mal ansprechen!

Zu Marco: Er rechnete dir zu Ehezeiten jeden Euro vor. Er kommt aus kleinen Verhältnissen, also hättest du dir so etwas eigentlich denken können. Du hast kurz nach eurer Hochzeit zum Beispiel ein Rennpferd (Winning-Son) für 80.000 Euro gekauft und einen Porsche für 120.000 Euro. Es gab jedes Mal diese Diskussionen mit Marco. Er hat zwar immer die Rechnungen bezahlt, aber irgendwann hat er dir erklärt, es müsse Schluss sein mit Ausgaben in dieser Größenordnung. Ihr habt einfach nicht zusammen gepasst und euch schließlich freundschaftlich getrennt, eure Scheidung war reine Formsache. Pferd und Porsche durftest du behalten. Und du hast noch einmal 500.000 Euro über ein Nummern-Konto in der Schweiz erhalten.

Winning-Son läuft auf der Rennbahn gut, er hat dir bereits ein kleines Vermögen eingebracht. Du liegst Foffi also, bis auf kleine Ausnahmen, nicht auf der Tasche, und von deiner ersten Scheidung von Abramowicz hast du auch noch etwas Vermögen.

Irene kann dich nicht leiden; sie tut immer so vornehm, aber das ist sie nicht wirklich. Letzte Woche hast du sie und diesen Eugen Trostmann zusammen in einer Bar in der Stadt gesehen. Sie schienen sehr vertraut miteinander.

Läuft da was? Warte bitte ein bisschen, bis du diese Information weiter gibst. Der richtige Zeitpunkt wird schon kommen, dann kannst du diese Beobachtung ansprechen.

Du hast gestern bis zirka 01:30 Uhr in einem Club in der Stadt gefeiert. Danach bist du in deine Wohnung gefahren.

Später, nach den Ermittlungen, schreibt jeder auf, wen er für den Täter hält, und dann wird der Fall gemeinsam aufgelöst.

Gesine Habermann

Vorstellungstext, bitte nach Lydia in der Runde vorlesen:

Ich habe den Campingplatz vor etwa 10 Jahren, damals noch gemeinsam mit meinem Ehemann Willi, übernommen. Zuvor war er unter der Leitung von Eugen Trostmann und sehr heruntergekommen. Trostmann war damals noch berufstätig und kam nur ab und zu am Wochenende vorbei. Er dachte, man könne so einen Platz als Nebenjob händeln. Nachdem die Gäste dann verständlicherweise ausblieben, hat er uns den Platz zur Pacht angeboten und wir, also Willi und ich, wir haben mit großem Einsatz und viel Geld eine wirklich hervorragende und gut gebuchte Anlage geschaffen. Eugen Trostmann ist weiterhin Eigentümer des gesamten Grundstücks. Er hat, dies haben wir seinerzeit vertraglich vereinbart, ein lebenslanges Bleiberecht. Seit er in Rente ist, lebt er als Dauercamper hier.

Vor kurzem hat mich der Herr Züchli aus der Schweiz angerufen und sein Kommen angekündigt. Er wollte den Platz inspizieren und ihn bei Gefallen in den Katalog aufnehmen. Das wäre wunderbar, denn der Katalog wird mit 30.000 Stück aufgelegt und an Campingfreunde aus ganz Europa verteilt. Die Auslastung wäre damit sicher optimiert worden. Er und Frau Ohlsen sind gestern Abend angereist; ich hatte 2 meiner besten Appartements für die beiden reserviert, damit sie sich auch wohl fühlen. Diese Holzappartements sind mit allem Zipp und Zapp ausgestattet und werden an Urlauber ohne Wohnwagen vermietet. Gesehen habe ich die beiden aber bei Anreise nicht, denn ich war gestern am Abend bei Freunden eingeladen und bin erst sehr spät zurückgekommen. In solchen Fällen wird die Rezeption von Wally Jasinek besetzt. Herrn Züchli habe ich dann erst nach dem Entdecken der Leiche, heute Morgen, kennen gelernt.

Leider kann ich nicht mehr dazu sagen, außer, dass ich gegen 24:00 Uhr nach Hause gekommen und gleich schlafen gegangen bin.

Geheimtext Gesine
Weitere Informationen für dich! Du darfst von all diesem Wissen in der Ermittlungsrunde Gebrauch machen!

Dein Ehemann Willi ist vor 6 Jahren über Nacht plötzlich verschwunden. Eugen Trostmann hat dir am nächsten Morgen erzählt, dass Willi mit einer jungen Frau zusammen fort ist, die damals hier gezeltet hatte. Willi meldete sich Wochen später per Ansichtskarte aus Montreal. Vor 5 Jahren ist noch einmal eine Karte aus Kanada gekommen, seitdem hast du nichts mehr von ihm gehört und darüber bist du auch ganz froh. Vermisst gemeldet hast du ihn nie. Eure Ehe war ohnehin zerrüttet.

Was damals seltsam war:
Wally hat nach Willis Verschwinden mehr gelitten als du. Sie war regelrecht krank. Du bist sicher, dass sie ein Techtelmechtel mit Willi hatte. Ob Eugen etwas darüber weiß?
Frag ihn einmal danach.

Einen Tag vor seinem Verschwinden damals hat Willi dir gesagt, er wüsste jetzt, wie man Eugen von der Parzelle vertreiben kann. Leider hat er dir nicht verraten, wie er es anstellen wollte und so residiert Eugen immer noch in bester Lage des Platzes.

Du hast Eugen vor 3 Jahren eine andere Parzelle angeboten; sie liegt hinter dem See, weit entfernt von den anderen Urlaubern. Er hätte dort wirklich absolut seine Ruhe. Er lehnte ab, was du überhaupt nicht verstehen kannst. Er will partout

dort an dieser Stelle bleiben und bringt dich damit wirklich zur Verzweiflung.
Du hast den Pachtvertrag mit Trostmann dem Anwalt Bessing gegeben. Er wird prüfen, ob es eine Möglichkeit gibt, Eugen an dieser Stelle des Platzes los zu werden. Du hattest nie Zeit, dich um so was zu kümmern, aber Urs Züchli macht Druck. Er nimmt den Platz nur im Katalog auf, wenn dieser Schandplatz verschwindet.

Als du gestern Nacht gegen 24:00 Uhr nach Hause gekommen bist, ist dir eine schwere Audi-Limousine aufgefallen. Sie parkte ganz in der Nähe, am Waldrand.

Du hast kurz auf das Kennzeichen gesehen: HH-IP...
Weiß jemand, wem dieser Wagen gehört? Frag danach.

Und noch etwas:

Eugen tut jetzt so, als sei er mit Willi gut befreundet gewesen, aber das stimmt so nicht. Die beiden hatten oft Streit. Eugen hat sich ständig in alles eingemischt und nicht verstanden, dass er nicht mehr Betreiber des Platzes war.

Eugen war letzte Woche übrigens verreist und zwar ohne Wally. Du hast das Gefühl, dass bei den beiden auch nicht mehr alles im Lot ist. Vielleicht hat Eugen eine andere?

Eugen war vor der Rente als Monteur bei der Reederei Petterson angestellt. In dieser Funktion ist der durch die ganze Welt gereist.

Später, nach den Ermittlungen schreibt jeder auf, wen er für den Täter hält, und dann wird der Fall gemeinsam aufgelöst.

Eugen Trostmann, Dauercamper
Vorstellungstext, bitte nach Gesine in der Runde vorlesen:

Die Welt ist ja so klein. Ich kenne die Reederei Petterson, denn ich bin, vor meiner Rente, als technischer Mitarbeiter dort beschäftigt gewesen und für die Firma im Außendienst durch die ganze Welt gereist. Das waren schöne, aber auch sehr anstrengende Zeiten.

Nun bin ich seit 5 Jahren in Rente und seit wir die Stadtwohnung aufgegeben haben, wohnt auch Wally ganz mit hier draußen! Sonst kam sie ja nur am Wochenende.

Ich habe einen tollen Gemüsegarten angelegt und pflege ihn selbst. Da darf auch die Wally nicht dran, sonst gibt es tüchtig Ärger. Ich muss sagen, dass der Campingplatz in den letzten Jahren sehr schön geworden ist und ich bin froh, dass wir hier ein lebenslanges Bleiberecht haben.

Wir helfen der Gesine, wo wir können. Wally sitzt an der Rezeption, wenn Gesine mal frei haben will. Und ich halte immer die Augen offen auf dem Platz.

Aber egal was wir tun: Gesine meckert. Der Willi, also Gesines Mann, der war ein feiner Kerl und man konnte ab und zu auch mal ein leckeres Bierchen mit ihm trinken. Mit dem habe ich mich richtig gut verstanden. Leider ist der Willi eines Tages mit einer Urlauberin durchgebrannt und wurde nicht mehr gesehen.

Ich hoffe, der Schweizer Herr Züchli reist bald wieder ab, denn den Katalogeintrag brauchen wir auch nicht. Fehlt noch, dass hier plötzlich noch mehr Gedrängel und Gerenne herrscht auf dem Platz. Man will ja schließlich seine Ruhe haben. Ich kannte weder eine Barbara Petterson, noch eine Susanne Ohlsen und war heute Nacht mit Wally im Wohnwagen. Was auch sonst? Mehr kann ich nicht dazu sagen!

Geheimtext Eugen Trostmann:
Weitere Informationen für dich! Du darfst von all diesem Wissen in der Ermittlungsrunde Gebrauch machen!

Zur Vergangenheit:
Willi, Gesines Mann, hat damals festgestellt, dass du laut Vertrag zwar ein Bleiberecht hast, aber keinen Anspruch auf eine bestimmte Parzelle. Er kam an einem Abend zu dir und erklärte, dass er deinen Wohnwagen an den Rand des Platzes verlegen lassen würde. Ihr habt euch gestritten und gekloppt. Willi ist unglücklich gestürzt und mit dem Kopf auf den Grill geschlagen. Er war mausetot. Du hast ihn noch der Nacht im Gemüsebeet vergraben und da liegt er heute noch. Deshalb kannst du diese Parzelle unmöglich aufgeben. Nachdem du Willi im Beet verbuddelt hast, bist du duschen gegangen. Auf dem Rückweg ist dir eine junge Frau am Waschhaus begegnet. Sie hatte ihr Zelt spontan zusammengepackt und erklärte dir, dass sie jetzt nach Spanien trampen wolle. Du hast Gesine am nächsten Tag erzählt, dass Willi mit dieser jungen Frau durchgebrannt sei. Das war glaubhaft, denn Willi war ein Weiberheld. Später hast du 2 mal Postkarten aus Kanada (du warst geschäftlich dort) an Gesine geschickt, mit den Worten „Gruß von Willi". Seine Schrift war nicht schwer zu fälschen. Soviel zur Vergangenheit.

Wally hat die Stadtwohnung ungern aufgegeben, aber du möchtest eure Parzelle immer im Blick haben. Du hast die Befürchtung, dass Gesine euren Wagen sonst in einer Nacht- und Nebelaktion einfach verlegen lässt. Einer von euch muss immer hier sein und aufpassen. Natürlich könnt ihr auch nicht mehr zusammen verreisen, und es wird immer schwieriger, Wally dies zu vermitteln.

Du warst Mitarbeiter bei Petterson und kanntest, zumindest

oberflächlich, natürlich auch Irene, ihren verstorbenen Mann und den Friedrich.

Vor einigen Wochen hast du Irene Petterson zufällig in der Stadt getroffen. Ihr seid in ein Café gegangen und habt seitdem ein kleines Techtelmechtel. Die letzte Woche warst du von Montag bis Freitag mit ihr in München. Natürlich ist dies streng geheim. Wally weiß nichts davon. Irene kommt auch ab und zu des Nachts hier auf den Platz, ihr trefft euch heimlich am Badehaus. So auch gestern Nacht. Irene kam um 23:30 Uhr und ist bis 00:30 Uhr geblieben.

Gestern warst du in der Nacht 2 mal draußen. Beim ersten Mal hast du Irene getroffen, beim zweiten Mal, gegen 01:45 Uhr, kam eine Person über den Weg, die der jungen Frau, die damals „angeblich" mit Willi durchgebrannt ist, sehr ähnlich sah. Du hast sie angesprochen und sie erklärte, zum ersten Mal auf diesem Platz zu sein und aus der Schweiz zu kommen. Insofern warst du beruhigt und bist zurück in den Wohnwagen gegangen. Wally hatte dich und die Frau allerdings mit ihrem Nachtsichtgerät beobachtet. Das ist eine schreckliche Angewohnheit von Wally. Ständig lauert sie nachts auf dem Platz mit diesem Gerät herum. Du hast einfach abgestritten, mit jemandem gesprochen zu haben. Wally hat dann auch noch mal den Wohnwagen verlassen, so gegen 02:00 Uhr. Wohin sie ist, hat sie nicht gesagt.

Du fragst dich, ob Gesine etwas mit dem Mord an der jungen Frau zu tun hat. Vielleicht ist sie der jungen Frau auch begegnet und hat sie wegen Willi zur Rede gestellt?

Lege auf keinen Fall ein Geständnis für die Tat an Willi ab! Nach den Ermittlungen schreibt jeder auf, wen er für den Täter hält, und später lösen wir den Fall gemeinsam auf.

Versuche, den Verdacht auf Gesine zu lenken.

Wally Jasinek

Vorstellungstext, bitte nach Eugen laut in der Runde vorlesen:

Ich bin die Wally; ihr könnt ruhig alle DU zu mir sagen. Wenn ihr gleich noch Zeit und Lust habt, könnt ihr gerne mal zu uns in den Wohnwagen kommen; ich hab auch immer ein Bier kalt stehen und wenn einer Hunger hat, legen wir eine Wurst auf den Grill, Ketchup und Toast dazu, fertig!

Eugen und ich, wir haben natürlich nichts mit dem Mord zu tun. Wir wollen einfach nur unsere Ruhe. Eugen hat sein Gemüsebeet, da darf wirklich keiner außer ihm die Schüppe dran setzen. Er ist da total empfindlich. Und ich hab den Haushalt. So hat jeder seinen Bereich. Ich habe mich ja ein bisschen schwer getan, ganz hierher zu ziehen, aber letztendlich hat Eugen recht. Was sollen wir noch mit der Stadtwohnung, wo es hier doch so schön ist.

Gesine, auch da hat Eugen recht, kann froh sein, dass sie uns hat. Ich vertrete sie immer an der Rezeption, wenn sie was vorhat. So war das gestern am Abend auch. Gesine ist um 19:00 Uhr weg, und ich saß da bis 22:00 Uhr, dann ist Büroschluss. Herr Züchli kam gegen 20:00 Uhr an; seine Begleitung ist im Wagen sitzen geblieben, während er den Schlüssel holte. Ich habe sie also nur von weitem gesehen. Irgendwie kam sie mir bekannt vor, aber hier auf dem Platz kommen und gehen ja ständig Urlauber. Da kann man sich nicht alle Leute merken. Mehr kann ich wirklich nicht dazu sagen, außer, dass ich den Willi wirklich auch sehr vermisse. Eugen hat recht. Der Willi war ein feiner Kerl. Vielleicht entschließt er sich ja doch noch, eines Tages hierher zurück zu kommen. Ich würde es mir jedenfalls wünschen.

Geheimtext Wally:
Weitere Informationen für dich! Du darfst von all diesem Wissen in der Ermittlungsrunde Gebrauch machen!

Falls Urs Züchli mit bei euch am Tisch sitzt:
Du hast ein Nachtsichtgerät, und manchmal beschäftigst du dich damit. Gestern Nacht war dir langweilig, und so hast du beobachtet, dass der Herr Züchli einen Streit mit der Frau Ohlsen hatte. Sie hat ihn förmlich rausgeschmissen aus ihrem Mobilheim. Es gab einen lauten Wortwechsel.
Frag ihn mal, worum es ging.

Du hattest bis zu seinem Verschwinden ein Verhältnis mit Willi Habermann. Daher warst du extrem betroffen, als du gehört hast, dass Willi mit einer anderen Frau durchgebrannt ist. Du hast damals sehr gelitten. Natürlich wussten Eugen und Gesine nichts von eurem Verhältnis. (glaubst du zumindest)
Als Willi verschwand, warst du in der Stadtwohnung. Du hast erst Tage später von Eugen davon erfahren und warst danach lange Zeit ganz krank vor Kummer.

Zu gestern Nacht:
Eugen ist in der Nacht 2 mal mit der großen Taschenlampe raus gegangen. Das erste Mal gegen 23:20 Uhr. Er ist über eine Stunde weggeblieben und hat später gesagt, er brauchte einfach frische Luft. Komisch daran ist nur, dass er sich vorher noch Parfüm aufgesprüht hat. Er denkt immer, du merkst so was nicht, aber du hast eine gute Nase!

Das zweite Mal ist er um 01:45 Uhr raus, rüber zum Waschraum. Du hast ihn mit dem Nachtsichtgerät beobachtet. Er hat sich mit dieser Susanne Ohlsen unterhalten. Sie sind gemeinsam ein Stückchen über den Weg in Richtung See gegangen, dann hast du sie aus den Augen verloren, weil der Weg eine Biegung macht.

Eugen kam etwa 5 Minuten später zurück in den Wagen. Du hast ihn gefragt, mit wem er sich da unterhalten hat. Er hat abgestritten, überhaupt mit jemandem gesprochen zu haben. Warum lügt er?

Hat Eugen eine andere Frau? Du hast das Gefühl, denn Eugen brezelt sich jetzt auch immer so richtig fein auf, wenn er in die Stadt fährt. Letzte Woche war er zudem alleine verreist. Eugen findet das normal, aber dich stört es.

Eugen hat seit gut 6 Jahren die totale Marotte wegen eurer Parzelle. Er will, dass immer einer von euch hier ist. Gemeinsam verreisen kommt für ihn deshalb auch nicht mehr in Frage. Er befürchtet, dass Gesine sonst in einer Nacht- und Nebelaktion euren Wohnwagen verlegen lässt. Das geht dir schon auf die Nerven. Du möchtest auch noch mal mit Eugen verreisen, aber daran ist kein Denken mehr. Eugen lehnt das rundweg ab.

Deine Mutter putzt beim Anwalt Bessing auf der feinen Elbchaussee die Praxis. Sie hat dir mal erzählt, dass Bessing und seine Frau Lydia sich zu Ehezeiten häufig gestritten haben. Es ging wohl immer um Geld. Deine Mutter meinte damals, der Anwalt könne sich die Lydia gar nicht leisten. Er selbst kommt wohl eher aus kleinen Verhältnissen; dafür hat er sich ganz schön hochgerackert.

Dieser Friedrich Petterson sagt, er geht hier öfter joggen! Das stimmt nicht. Du hättest ihn sonst bestimmt einmal gesehen, denn du hältst hier immer die Augen auf. Dieser Mann, das kannst du schwören, hat hier noch nie Sport getrieben!

Nach den Ermittlungen schreibt jeder auf, wen er für den Täter hält, und später lösen wir den Fall gemeinsam auf.

Urs Züchli, Verleger
Vorstellungstext, bitte nach Wally in der Runde vorlesen:

Susanne Ohlsen arbeitete seit einem Jahr als Assistentin bei mir. Vorher, so erzählte sie es jedenfalls, hat sie in Spanien gelebt. Sie selbst hat mich vor ein paar Wochen auf diesen Platz hier aufmerksam gemacht und von der Landschaft geschwärmt. Ich hatte nach unserer Anreise den Eindruck, dass sie schon einmal hier war, denn sie wusste gleich, wo zum Beispiel die Waschräume sind. Gestern, nach der Ankunft, hat sie sich allerdings seltsam verhalten; sie wollte zum Beispiel nicht in Hamburg in einem Restaurant essen, sondern sie bat mich, etwas zu essen zu holen und im Mobilheim zu speisen. Sonst hat sie immer viel Wert auf eine gute Küche gelegt, daher hat mich dieses schon gewundert.

Ich habe ihr aber den Gefallen getan. Mit den Erkenntnissen von heute ergibt dies natürlich Sinn: Sie wollte wohl nicht Gefahr laufen, in einem Restaurant als Barbara Petterson zufällig erkannt zu werden. Auch auf unserer Verlags-Internetseite wollte sie nicht mit Bild erscheinen, wie sonst alle Mitarbeiter. Jetzt erklärt sich dies natürlich alles.

Vielleicht ist das noch wichtig: Vorige Woche hatte ich einen Anruf. Ein Herr erkundigte sich sehr genau nach Susanne. Er gab an, ein alter Bekannter aus Deutschland zu sein. Dummerweise, und darüber ärgere ich mich jetzt sehr, habe ich ihm gesagt, dass Susanne diesen Termin hier mit mir hat. Ich nannte ihm auch den Campingplatz. Ich fürchte, dies war ein schrecklicher Fehler. Mehr kann ich leider nicht dazu sagen. Ich habe nach der langen Anreise tief und fest geschlafen und nicht mitbekommen, dass Susanne, also Barbara, noch einmal fort gegangen ist. Heute Morgen waren wir zum Joggen verabredet, den Rest wissen Sie ja schon.

Geheimtext Urs Züchli:
Weitere Informationen für dich! Du darfst von all diesem Wissen in der Ermittlungsrunde Gebrauch machen!

Susanne war wohlhabend. Du warst einmal in ihrer Wohnung; dies war ein Penthouse, gleich in Zürich. Sie erzählte damals etwas, von einem reichen Exmann, der bei der Scheidung kräftig in die Tasche gegriffen hat. Gearbeitet hat sie wohl nur, um sich zu beschäftigen. In letzter Zeit hat sie häufiger im Büro gefehlt. Jetzt weißt du natürlich auch warum. Sie war wohl sehr schwer erkrankt und hatte nicht mehr lange zu leben.

Du hast mehrfach versucht, mit ihr anzubandeln, das letzte Mal gestern Abend. Du hattest etwas zu viel billigen Wein getrunken, aber Susanne erklärte dir, wie immer, dass sie nicht an einer Beziehung mit dir interessiert sei. Im Gegenteil: Sie kündigte gestern Abend an, die Stelle bei dir aufzugeben. Danach hat sie dich aus dem Appartement verwiesen.

Du hast Gesine Habermann heute gesagt, dass du den Platz nur im Katalog aufnimmst, wenn der Schandfleck von Eugen Trostmann an dieser Stelle verschwindet. Sie hat versprochen, sich darum zu kümmern.

Da du eine kleinere Rolle hast, kannst du besonders gut zuhören und ermitteln. Höre genau hin, was die anderen aussagen und mache dir Notizen. Du wirst wohl kaum unter Verdacht geraten; insofern hast du den Kopf frei und kannst dich ganz auf die Aussagen der anderen konzentrieren. Es geht um sehr viel mehr als um diesen einen Mord!

Nach den Ermittlungen schreibt jeder auf, wen er für den Täter hält, und später lösen wir den Fall gemeinsam auf.

Kommissar Carlo Schmidt
Vorstellungstext, bitte nach Urs laut in der Runde vorlesen:

Guten Tag, meine Herrschaften! Ich habe Sie alle hergebeten, weil ich feste davon überzeugt bin, dass Sie zur Aufklärung dieses verworrenen Falles beigetragen können.

Die Fakten liegen auf dem Tisch: Susanne Ohlsen, alias Barbara Petterson hat, so sieht es aus, ihre Entführung vor 2 Jahren vorgetäuscht. Die Frage ist, ob sie alleine gehandelt hat oder ob es damals einen Komplizen gab. Warum sie nun auf diesem Campingplatz zu Tode kam, werden wir hoffentlich herausfinden.

Bitte sagen Sie alle die Wahrheit! Selbst belasten muss sich natürlich niemand! Sollte ich Sie aber beim Schwindeln erwischen, kenne ich kein Pardon. Beginnen wir also mit den Ermittlungen.

Geheimtext Carlo Schmidt:
Weitere Informationen für dich! Du darfst von all diesem Wissen in der Ermittlungsrunde Gebrauch machen!

Die Tote litt an einem seltenen Tumor; die Obduktion hat ergeben, dass sie höchstens noch 2 oder 3 Monate zu leben hatten. Sie nahm Medikamente und wusste von diesem Zustand.
Lieber Carlo, du hast eine Nebenrolle und kannst dich voll und ganz auf die Fakten und die Ermittlungen konzentrieren. Mache dir Notizen von den Aussagen der anderen, höre genau zu und versuche, den Täter zu überführen.

Suchen wir wirklich einen Täter oder gibt es noch weitere Verbrechen aufzuklären? Ich bin sicher, du bist der richtige Mann für diese Aufgabe! Ich wünsche einen Mordsspaß bei den Ermittlungen!

Nach den Ermittlungen schreibt jeder auf, wen er für den Täter hält, und später lösen wir den Fall gemeinsam auf.

Olga, Hausmädchen bei Familie Petterson
Vorstellungstext, bitte nach Carlo laut in der Runde vorlesen:

Mein Name ist Olga. Ich bin schon seit vielen Jahren im Haushalt der Familie Petterson beschäftigt und habe auch Barbara Petterson gekannt. Sie lebte ja nur ganz kurze Zeit mit im Haushalt, dann wurde sie ja entführt. Schreckliche Sache damals. Auch ich wurde seinerzeit verhört, aber ich konnte nun wirklich so gut wie nichts dazu sagen. Letzte Woche ist ein Brief für Friedrich Petterson gekommen. Dieser Brief wurde von einem Detektivbüro in der Schweiz abgeschickt. Irene Petterson wusste, dass der Brief bekommen ist. Dies habe ich ihr gesagt. Ich wusste aber nicht, was darin stand. Mehr kann ich Ihnen nicht dazu sagen.

Geheimtext Olga
Weitere Informationen für dich! Du darfst von all diesem Wissen in der Ermittlungsrunde Gebrauch machen!

Liebe Olga, du hast eine Nebenrolle und kannst dich voll und ganz auf die Fakten und die Ermittlungen konzentrieren. Mache dir Notizen von den Aussagen der anderen, höre genau zu und versuche, den Täter zu überführen. Suchen wir wirklich einen Täter oder gibt es noch weitere Verbrechen aufzuklären?

Ich bin sicher, du bist die richtige Frau für diese Aufgabe! Ich wünsche einen Mordsspaß bei den Ermittlungen!

Nach den Ermittlungen schreibt jeder auf, wen er für den Täter hält, und später lösen wir den Fall gemeinsam auf.

Auflösung

Unser heutiges Stück heißt „Feine Verhältnisse" und Sie wissen inzwischen sicher, warum.

Willi hatte ein Verhältnis mit Wally; Eugen mit Irene, Barbara mit Marco und Lydia zunächst mit Friedrich, dann mit Marco und jetzt wieder mit Friedrich.

Außerdem gibt es Arbeitsverhältnisse:
Der Anwalt hat für Petterson gearbeitet und Eugen Trostmann vor seiner Rente ebenfalls.

Aber was haben all diese Verhältnisse mit unserem Fall zu tun? Und haben wir heute Abend einen oder zwei Morde aufzuklären? Wenn es zwei sind, geschah der zweite Mord dann, um den ersten zu verdecken?
Suchen wir demnach einen oder zwei Täter?
Und gab es bei der Entführung damals einen Komplizen?
Wo ist die Tatwaffe? Die Polizei sagt, es handelte sich um eine Art Eisenstange oder ähnliches.

Gehen wir der Reihe nach vor:

Willi Habermann ist vor 6 Jahren verschwunden. Gesine wähnte ihn durch 2 Postkarten in Kanada. Die letzte Karte kam vor 5 Jahren! Inzwischen wissen wir aber, dass Willi Habermann niemals nach Kanada gereist ist. Wo also ist er?

Willi hatte damals eine Affäre mit Wally. Gesine wusste davon, aber hat sie ihren Mann auch ermordet?

Dies wäre unlogisch, denn sie hat von Eugen Trostmann erfahren, dass er abgereist ist. Eugen Trostmann hat ihn also zuletzt gesehen. Eugen Trostmann war als Mitarbeiter von Petterson auf der ganzen Welt tätig; er war sicher auch in Kanada. Eugen Trostmann möchte seine Parzelle nicht räumen und sein Gemüsebeet darf niemand anfassen! All das wissen wir! Was liegt also nahe? Sie vermuten richtig:

Denn das ist damals passiert:
Gesine hat ausgesagt, Willi habe kurz vor seinem Verschwinden erklärt, er wisse jetzt, wie er Eugen von dieser Parzelle entfernen kann. Er hat also den Vertrag richtig gelesen und gedeutet. Willi ging am Abend vor seinem Verschwinden zu Trostmann.

Dieser ist alleine. Willi konfrontiert Eugen mit der Tatsache, dass er zwar ein Bleiberecht, aber keinen Anspruch auf eine bestimmte Parzelle hat. Er sagt ihm, dass er seinen Wagen an den Platzrand verlegen lassen wird. Es kommt zum Streit, sie prügeln sich, und Willy stürzt auf den Grill. Er ist sofort tot. Trostmann begräbt ihn im Gemüsebeet. In dieser Nacht damals trifft Trostmann nach der Tat eine junge Frau auf dem Campingplatz; es handelt sich um die junge Barbara. Sie hat ihr Zelt gepackt und will nach Spanien trampen. Trostmann nutzt die spontane Abreise von Barbara und erklärt Gesine am nächsten Morgen, Willi sei mit dieser Dame durchgebrannt. Später schickt er 2 mal Karten aus Kanada, er ist dort auf Geschäftsreise. Die letzte Karte kommt vor 5 Jahren, zu diesem Zeitpunkt ging Trostmann in Rente. Eugen ist also der Mörder von Willi, aber hat er auch Barbara umgebracht?

Wir wissen, dass die Tatwaffe, mit der Barbara niedergeschlagen wurde, aus Metall war. Eugen hat eine große Taschenlampe. Er hat Barbara in der Nacht tatsächlich getroffen, und ihm ist die Ähnlichkeit mit der jungen Frau von damals aufgefallen. Also hat er sie angesprochen. Wally hat das Gespräch zwischen ihm und Barbara ja durch ihr Nachtsichtgerät beobachtet. Bei diesem Gespräch stellte Barbara sich natürlich mit ihrem neuen Namen vor und erklärte, zum ersten Mal auf dem Platz zu sein. Eugen war beruhigt, er hatte keinen Grund, der jungen Frau etwas anzutun. Für diesen Mord ist er nicht verantwortlich, auch, wenn die Taschenlampe sicher als Tatwaffe in Frage gekommen wäre.

Gesine kam erst spät von einer Feier und hat Barbara, alias Susanne, vor ihrem Tod nicht gesehen. Sie konnte also nicht wissen, dass Barbara überhaupt auf dem Platz war. Außerdem hat sie glaubhaft versichert, dass sie froh war, Willi los zu sein. Selbst wenn sie Barbara gesehen und erkannt hätte als die junge Frau von damals: Warum hätte sie sie töten sollen? Es gibt kein Motiv.

Wally hatte damals ein Verhältnis mit Willi; sie war nach seinem Weggang extrem traurig. Wenn sie Barbara als die junge Frau von damals erkannt hat, warum hätte sie sie töten sollen? Sie hätte sich vermutlich eher nach Willi und seinem Aufenthaltsort erkundigt. Schließlich war sie sehr in Willi verliebt.

Friedrich hat ein starkes Motiv, und er wusste durch den Detektiv, dass Barbara auf dem Campingplatz war, denn dieser Detektiv hat mit Herrn Züchli in der Schweiz telefoniert und so von dem Termin in Deutschland erfahren. Friedrich hat auch kein Alibi.

Aber wäre er nach der Tat am nächsten Morgen noch einmal hingefahren, um die Leiche aus dem See zu bergen? Das ist doch sehr unwahrscheinlich.

Irene ist in der Nacht tatsächlich auf dem Campingplatz gewesen. Ihr Fahrzeug wurde dort gesehen. Und wir wissen, dass sie ein Verhältnis mit Eugen Trostmann hat. Sie war aber gegen 00:30 Uhr wieder auf dem Heimweg. Dabei hat sie Lydias Wagen vor einem Club in Hamburg gesehen.

Irene wusste zwar vom Hausmädchen, dass Friedrich von einem Detektiv Post bekommen hat, aber sie wusste nichts vom Inhalt des Briefes.

Ansonsten hätte sie sicher versucht, mit Eugen Trostmann über Barbara zu sprechen. Sie hätte ihn bestimmt gefragt, ob ihm eine Frau, auf die Barbaras Beschreibung passt, aufgefallen ist.

Dies hat sie aber nicht getan, insofern können wir davon ausgehen, dass sie völlig ahnungslos war. Des Weiteren fehlt hier auch das Motiv.

Lydia möchte Friedrich sehr gerne heiraten, dies hat sie bereits mehrfach zum Ausdruck gebracht. Sie hat Friedrich ein falsches Alibi gegeben. Warum hat sie das getan? Wollte sie sich auf diese Weise auch ein Alibi verschaffen? Oder hat sie aus Zuneigung gehandelt?

Sie hatte große Wut auf Barbara, dies dürfte klar sein. Diese hat ihr damals den Foffi ausgespannt. Auch Marco, dies hat sie natürlich bemerkt, hatte eine Schwäche für Barbara. Lydia hat zudem den Brief des Detektivs gelesen, er lag ja in Friedrichs Wohnung.

Trotzdem fehlt auch hier letztendlich ein Motiv: Sie hätte Barbara, wenn sie sie tatsächlich in der Nacht auf dem Campingplatz angetroffen hätte, einfach nur verraten müssen. Schließlich hat Barbara sich strafbar gemacht durch das Vortäuschen einer Straftat und durch die Unterschlagung der 3.000.000 Euro. Durch eine einfache Anzeige wäre Lydia die Barbara sehr elegant losgeworden.

Marco Bessing hatte sich vor 3 Jahren auf der feinen Elbchaussee mit einer großen Praxis als Anwalt niedergelassen.

Er stammt aus einfachen Verhältnissen, seine Eltern waren nicht wohlhabend. Es liegt nahe, dass er sich finanziell total übernommen hat, denn es gab noch nicht viele gut zahlende Klienten.

Später hat er Lydia geheiratet und diese Ehe und Scheidung hat ihn ebenfalls sehr viel Geld gekostet. Woher hatte er so viel Geld?

Marco hat seinerzeit die Entführung mit Barbara geplant und durchgezogen. Es war clever, ihn als Lösegeldüberbringer einzusetzen, denn auf diese Weise wussten Barbara und er immer über jeden Schritt von Friedrich Bescheid. Sie wussten also auch, dass die Polizei nicht eingeschaltet worden war. Das Geld wurde geteilt, und Barbara verschwand. Seinen Anteil der Beute legte er auf einem Schweizer Nummern-Konto an.

Er zahlte damit nach und nach Lydias Extras. Und er finanzierte damit die ersten Jahre als Anwalt auf der feinen Elbchaussee. Inzwischen ist er gut etabliert und spielt sogar im feinen Hamburger Golfclub. Apropos Golf ... ein Golfschläger ist aus Eisen und Marco hat sein Golfset immer im Wagen.

Vor einigen Tagen erhielt er, völlig überraschend, einen Anruf von Barbara. Sie wollte ihn treffen. Man verabredete sich in der Nacht am See.

Barbara forderte bei diesem Treffen Geld von Marco; sie hatte ihren Teil des Lösegelds schon ausgegeben.

Sie drohte, ihn bei Nichtzahlung wegen der Entführung damals anzuzeigen. Sein Argument, bei einer Anzeige würde sie ja auch auffliegen, hat sie nicht interessiert. Sie war sterbenskrank und hatte nichts mehr zu verlieren.

Marco hatte zu dem nächtlichen Treffen einen Golfschläger aus dem Wagen mitgenommen, denn in der Nacht durch einen Wald zu einem See zu laufen, ist schon etwas unheimlich. Er hat Barbara mit dem Eisen, einem 9-er übrigens, niedergeschlagen. Sie taumelte in den See - und er ließ sie einfach dort liegen.

Marco Bessing ist heute Abend unser Täter für den Mord an Barbara; Eugen Trostmann hat Willi Habermann ermordet.

ENDE

Autorenportrait

Cornelia H.-Müller ist seit 2006 als Autorin tätig. Ihr Genre sind Mitspiel-krimis, Kinderspielgeschichten und Theaterstücke.

Autorenkontakt über
glashauskrimi@glashauskrimi.de

Besuchen Sie Cornelia H.-Müller auf ihrer Homepage:

www.glashauskrimi.de

Weitere Bücher von Cornelia H.-Müller, erschienen im Edition Paashaas Verlag:

**Krimiparty Sonderausgabe 1:
Plötzlich und erwartet**

*Ein Fall mit Kommissarin Henriette
Kragenberg*

Cornelia H.-Müller
1. Ausgabe, September 2012
Paperback, 72 Seiten,
ISBN: 978-3-942614-25-2,
Preis: 7,95 €

**Krimiparty Sonderausgabe 2:
Workshop mit Todesfolge**

Ein Krimi aus dem Allgäu.

Cornelia H.-Müller
1. Ausgabe, Januar 2013
Paperback, 72 Seiten,
ISBN: 978-3-942614-39-9,
Preis: 7,95 €

Krimiparty Sonderausgabe 3:
Die Rache

A Thriller - für Ladies only.

Cornelia H.-Müller
ISBN: 978-3-942614-41-2
72 Seiten, Paperback,
Format 13,5 x 21,5 cm
Preis: 7,95 €
Neuerscheinung März 2013

Die Rache ist süß... und manchmal zartbitter!

Krimiparty Sonderausgabe 4:
MorgenGrauen

Ein Mitspielkrimi aus Bayern

Cornelia H.-Müller
ISBN: 978-3-942614-58-0,
Paperback, 68 Seiten,
Format: 13,5 x 21,5 cm
Preis: 7,95 €
Neuerscheinung November 2013

Krimiparty Sonderausgabe 5:
Spargelsilvester

Ein ländlicher Krimi nicht nur zur Spar-
gelzeit!

Cornelia H.-Müller
ISBN: 978-3-942614-71-9,
Paperback,
68 Seiten,
Format: 13,5 x 21,5 cm
Preis: 7,95 €

Und als besonderes Highlight gibt es passend zum Krimi noch
ein Spargelrezept von Sternekoch Sascha Stemberg!

Krimiparty Sonderausgabe 6:
Inkognito

- ein Hotelkrimi

Cornelia H.-Müller
ISBN: 978-3-945725-12-2
Paperback, 76 Seiten,
Format 13,5 x 21,5 cm
7,95 €
Neuerscheinung Februar 2015

Alle Bücher sind unter: www.verlag-epv.de zu bestellen oder auch überall im Buchhandel erhältlich.

Dort gibt es auch weitere Informationen zur Autorin und Leseproben.

www.ingramcontent.com/pod-product-compliance
Lightning Source LLC
Chambersburg PA
CBHW031956010726
47493CB00007B/2219